21世纪全国高职高专美术·艺术设计专业"十二五"精品课程规划教材

数字游戏视觉设计

THE "TWELFTH FIVE-YEAR" EXCELLENT CURRICULUM FOR MAJOR IN THE FINE ART DESIGN OF THE HIGHER VOCATIONAL COLLEGE AND THE JUNIOR COLLEGE IN TWENTY FIRST CENTURY

编　著　邵　兵　梁凤婷

辽宁美术出版社

图书在版编目（CIP）数据

数字游戏视觉设计 / 邵兵，梁凤婷编著 . —— 沈阳：
辽宁美术出版社，2015.7
21世纪全国高职高专美术·艺术设计专业"十二五"
精品课程规划教材
ISBN 978-7-5314-6740-3

Ⅰ . ①数…　Ⅱ . ①邵…　②梁…　Ⅲ . ①电子游戏–视
觉设计–高等职业教育–教材　Ⅳ . ①J06–39

中国版本图书馆CIP数据核字（2015）第146440号

21世纪全国高职高专美术·艺术设计专业
"十二五"精品课程规划教材

总 主 编　范文南
总 策 划　范文南
副总主编　洪小冬　彭伟哲
总 编 审　苍晓东　光　辉　李　彤　王　申　关　立

编辑工作委员会主任　彭伟哲
编辑工作委员会副主任
申虹霓　童迎强
编辑工作委员会委员
申虹霓　童迎强　苍晓东　光　辉　李　彤　林　枫
郭　丹　罗　楠　严　赫　范宁轩　田德宏　王　东
彭伟哲　高　焱　王子怡　王　楠　王　冬　陈　燕
刘振宝　史书楠　王艺潼　汪俏黎　展吉喆　夏春玉
穆琳琳　王　倩　林　源

印制总监
鲁　浪　徐　杰　霍　磊

出版发行　辽宁美术出版社
经　　销　全国新华书店
地　　址　沈阳市和平区民族北街29号　邮编：110001
邮　　箱　lnmscbs@163.com
网　　址　http：//www.lnmscbs.com
电　　话　024-23404603
封面设计　范文南　洪小冬　童迎强
版式设计　洪小冬　李　彤

印刷
沈阳市鑫四方印刷包装有限公司

责任编辑　苍晓东　光　辉
技术编辑　徐　杰　霍　磊
责任校对　李　昂
版次　2015年7月第1版　2015年7月第1次印刷
开本　889mm×1194mm　1/16
印张　9.5
字数　280千字
书号　ISBN 978-7-5314-6740-3
定价　65.00元

图书如有印装质量问题请与出版部联系调换
出版部电话　024-23835227

21世纪全国高职高专美术·艺术设计专业
"十二五"精品课程规划教材

序 >>

当我们把美术院校所进行的美术教育当做当代文化景观的一部分时，就不难发现，美术教育如果也能呈现或继续保持良性发展的话，则非要"约束"和"开放"并行不可。所谓约束，指的是从经典出发再造经典，而不是一味地兼收并蓄；开放，则意味着学习研究所必须具备的眼界和姿态。这看似矛盾的两面，其实一起推动着我们的美术教育向着良性和深入演化发展。这里，我们所说的美术教育其实有两个方面的含义：其一，技能的承袭和创造，这可以说是我国现有的教育体制和教学内容的主要部分；其二，则是建立在美学意义上对所谓艺术人生的把握和度量，在学习艺术的规律性技能的同时获得思维的解放，在思维解放的同时求得空前的创造力。由于众所周知的原因，我们的教育往往以前者为主，这并没有错，只是我们更需要做的一方面是将技能性课程进行系统化、当代化的转换；另一方面需要将艺术思维、设计理念等这些由"虚"而"实"体现艺术教育的精髓的东西，融入我们的日常教学和艺术体验之中。

在本套丛书实施以前，出于对美术教育和学生负责的考虑，我们做了一些调查，从中发现，那些内容简单、资料匮乏的图书与少量新颖但专业却难成系统的图书共同占据了学生的阅读视野。而且有意思的是，同一个教师在同一个专业所上的同一门课中，所选用的教材也是五花八门、良莠不齐，由于教师的教学意图难以通过书面教材得以彻底贯彻，因而直接影响到教学质量。

学生的审美和艺术观还没有成熟，再加上缺少统一的专业教材引导，上述情况就很难避免。正是在这个背景下，我们在坚持遵循中国传统基础教育与内涵和训练好扎实绘画（当然也包括设计摄影）基本功的同时，向国外先进国家学习借鉴科学的并且灵活的教学方法、教学理念以及对专业学科深入而精微的研究态度，辽宁美术出版社会同全国各院校组织专家学者和富有教学经验的精英教师联合编撰出版了《21世纪全国高职高专美术·艺术设计专业"十二五"精品课程规划教材》。教材是无度当中的"度"，也是各位专家长年艺术实践和教学经验所凝聚而成的"闪光点"，从这个"点"出发，相信受益者可以到达他们想要抵达的地方。规范性、专业性、前瞻性的教材能起到指路的作用，能使使用者不浪费精力，直取所需要的艺术核心。从这个意义上说，这套教材在国内还是具有填补空白的意义。

21世纪全国高职高专美术·艺术设计专业"十二五"精品课程规划教材编委会

前言 >>

当今要谈何种产业最为热门，恐怕非游戏产业莫属了。魂斗罗、红白机这些名词存在的年代，游戏就只能和玩物丧志相联系，但十几年后的今天游戏已经成为时尚的代名词。

本书主要面向游戏的设计者与制作者，同时也介绍了三维游戏与交互娱乐技术的相关知识与理念。适合数字游戏设计、动画设计、数字媒体艺术和艺术设计等专业的木科生、研究生学习，也可作为游戏设计爱好者的自学用书。

随着文化创意产业的发展，数字娱乐设计正在成为一个新兴的专业方向。数字娱乐设计是以大众的娱乐和休闲方式为主要研究对象，基于数字化和网络化的平台，通过多媒体的交互手段，创造具有参与性、互动性和娱乐性的产品或环境。具体的设计内容以数字游戏设计为主，同时也与移动内容设计、网络艺术设计、数字影音设计、数字动画及周边产品设计、虚拟现实技术应用、主题娱乐公园体验设计等领域有着密切的关联。

数字娱乐设计是信息时代的数字游戏与动画、媒体艺术、设计、影视、音乐与数字技术融合产生的新兴交叉学科领域，相关的教学和研究在国内还处于起步阶段。这本书的推出正是为了满足教学实践的需要，在总结现有教学经验的基础上，进一步规范和推动数字娱乐设计教学的发展。在内容编排上，本书以培养复合型数字娱乐和游戏设计人才为目标，既注重培养学生的数字游戏设计创意和评价能力，同时也强调培养学生在游戏开发与制作表现方面的实践技能。

本书内容包括数字游戏的原理、数字动画设计、游戏原画、三维游戏模型设计、次世代游戏设计等专业的介绍与应用等。同时该书的项目示例均为实际原创项目，因此对学生与专业人士更加有针对性。

邵 兵

2010年11月8日

目录 contents

第一章　数字游戏发展综述

本章重点》

相信很多读者都是忠实的数字游戏迷，但是对于数字游戏的发展历史，恐怕没有多少人能说的清楚。本章我们将着重为大家介绍数字游戏的"家族史"。

学习目标》

了解数字游戏的历史，了解数字游戏的发展过程，以及数字游戏在未来的发展方向。

建议学时》

8学时。

第一章 数字游戏发展综述

图1-1

　　首先来谈一下游戏硬件的未来发展趋势。从第一款游戏1961年三位天才程序员格拉兹、拉塞尔、考托克在计算机上研发出第一个小软件《太空大战》到现在，已经过去50年的历史了。在这近半个世纪的时间段内，优秀的游戏层出不穷，包括它们的兴起和消亡，演变和延伸。各种游戏机，游戏载体在随着技术的成熟进步，也在高速地发展着。并且伴随着技术日趋成熟与完善，游戏软件和硬件生产公司与机构也更加现代化与规模化。从游戏硬件进行观察，最早的游戏主机和当今的游戏主机，还有很多相似之处的，例如基本都有处理器，操作与显示界面，或者可以称为输入部分与输出部分，处理运营部分其中还包括存储部分。以最早的任天堂ＦＣ游戏机为例子，它有两个游戏手柄，一个处理器部分，就是游戏主机，并且机体上还要插游戏卡，同时，游戏机还要与电视机相连接，那么电视就是它的显示设备。这就基本上形成了一个整体，输入部分、输出部分、处理部分。演变至今，电视（TV）游戏主机的基本模式还是没有发生变化，仍然是输入与输出部分，处理与运算部分，区别就是输入部分的游戏操控手柄，更加人性化，更加具有简单、方便、可操作性。同时还增加了许多新的输入设备，例如外接ＶＲ头盔枪式控制器、手部模拟装置、摇杆式控制器。而且很多游戏都有了对应的控制设备，比如赛车类游戏，就有对应的方向盘、油门、制动、离合器等，此类装置还有若干。输出部分也有非常大的变化，早期的TV游戏机输出的画面质量比较一般，对于电视的要求也不高，但随着硬件的发展和进步，用以前的14英寸黑白电视机，玩现在的512位电子游戏显然是无法忍受的，游戏的优美画面无法显示出来，而且音响设备都无法支持当前游戏机的视频与环绕杜比的音频进行连接

（图1-1）。

　　游戏硬件的发展速度日新月异，产品的更新与研发更是日趋科学完善，而且许多企业紧跟游戏硬件的市场发展步伐，在短短的几年里，获取了巨大的商业利润。例如，SONY公司，最早是生产大型电器的企业，后来又参与设计生产小型家电，当发现了电子游戏的巨大潜力后，1996年又特别推出了PS1游戏主机，在PS主机的不断升级和换代中，SONY公司不断总结经验，在2000年末推出了PS2电子游戏机。该主机一经推出便在业内得到好评，销量猛增并使得SONY公司在游戏行业已经处于领军的位置，游戏产业给SONY公司带来的巨大利润更是进一步地促进了游戏硬件、软件的进一步开发和扩展。而且，现在的游戏机已经不单纯只是一个能玩游戏的机器了，它还具备蓝光DVD、MP3、MP4等播放功能，甚至可以上网、浏览网页、查看地图、编辑游戏地图，与更多的不同地域与国家玩家对战。基本达到了网络所覆盖的领域与范围（图1-2）。

图1-2　PSP2000型号

　　电子游戏产业的硬件，往往都优于其他电器的更新速度，在游戏业普及后，才过渡到其他商用与家用产品中。总结电子游戏硬件的发展，可以发现产品不断更新，并且日趋完善，硬件与软件的结合更加紧密合理，游戏机的附件更加丰富，人性化逐步提高。游戏机的尺寸更小巧更方便携带，随时随地都可以享受游戏的快乐（如SONY公司生产的PSP游戏机）。游戏硬件的技术含量更是日益突出，更多更先进更新颖的技术应用到了电子游戏机上。未来的电子游戏机硬件的科技含量会更高，日本最大的电话公司NTT日前表示，该公司长期以来研发的"遥控人类"技术可能将开始用于电子游戏，使游戏的场景更为真实。报道同时指出，NTT公司对这项技术的应用前景抱有更大的"野心"，它的应用将不仅仅是为游戏增添真实感。当遥控人类可以与遥控一辆玩具汽车一样简单时，这项技术的应用前景也使许多人感到担忧。在演示这项技术时，接受实验的人头戴特制耳机。通过遥控器，耳机发射微弱的电流，电流通过耳朵后方的神经传入大脑。电流输送的方式使接受实验者跟着晃动身体——遥控器上的控制杆从左向右移动，人也会从左向右晃动；控制杆从右向左，则人也跟着从右向左。在实验中，尽管受试者努力保持平衡，但几乎无法"抗拒"遥控器传来的"指令"，几乎都会东摇西摆，难以保持平衡。就像被施了催眠术一样，一只看不见的手控制了受试者的大脑和行动。这项技术被称为"电流前庭刺激"技术（GVS）。在以上的实验中，微弱的电流对人体耳后起保持平衡作用的神经产生干扰，从而使人失去平衡。GVS技术对于专业人员并非新生事物。这项技术至少已有一百年的历史，只是直到最近20年才广受关注。受试者在实验后大多表示，当研究人员摆动操纵杆时，一种很奇怪的、无法抗拒的感觉迫使他们跟着遥控器运动，扰乱神经的电流使受试者的大脑错误地认为，跟随遥控器的方向运动，是保持平衡的正确方向。在知道如何移动之前身体就已经移动了，这使大多受试者十分惊讶。飞行模拟器是NTT公司感兴趣的另一块应用GVS技术的领域。NTT的市场部经理说："许多人都在讨论如何把GVS应用于飞行模拟器。GVS产生的各种感觉与普通的大型飞行模拟器带来的感受很相似，而GVS会是一种更为简单、成本更低廉的训练飞行员方式（图1-3）。"

　　其次来分析软件的发展趋势。游戏软件是具体体现一款游戏的一个主体，也是玩家体验游戏乐趣的平台。游戏硬件再高端，没有好的游戏软件支持，那也只是空壳。游戏软件才是消费者具体想要的东西，游戏硬件只是提供这一游戏软件的一个载体。最早的游戏《太空大战》中画面单调，内容枯燥乏味，但却是电子游戏的始祖。而现在的电子游戏，如《鬼武者》系列，《最终幻想》系列已经是优美的3D画面，如天籁般的声音效果，真实感、娱乐性更是丰富充实。给人们的游戏活动，带来了巨大的乐趣，吸引了更多的人参与到这个游戏活动之中。游戏软件已经从当初的平面游戏，发展到了三维虚拟游戏，而且游戏的操作，也由最开始的只有简单的跳跃与方向移动，发展到了电子信号模拟人手，模拟人的肢体语言。游戏画面更是华丽，起初只能是二极管的单体显示电子信号，现在已经是液晶显示器、液晶电视、数码电视。从单一的一个移动物体，发展到了与现实生活非常近似的游戏画面，甚至比现实生活更加逼真，是真实生活的一种升华。游戏剧情更是紧贴人心，游戏内的情感更是丰富细腻、耐人寻味。当今的数字游戏已经达到了某种能代替人类内心情感的媒介了。比如《使命召唤》系列，它的作者喜欢感官刺激比较强烈的风格，游戏画面就充满了紧张，刺激战争的氛围比较适合男性玩家。而《大话西游》《劲舞团》画面就

图1-4

是卡通可爱的类型，吸引的女性玩家就比较多。

《最终幻想》系列游戏，更是紧密地围绕着主人公的情感，展开了一系列故事，剧情发展跌宕起伏，给人一种身临其境的感觉，让玩家不知不觉中就融入游戏中，把自己想象成了游戏中的某个人物，如有的女性玩家朋友，玩完《仙剑奇侠传》后感伤了很多天，玩的时候还经常落泪。这倒不是说这个女性玩家情感多么的丰富，但确实证明了游戏的情节非常吸引人，其感染力更是超乎寻常。游

图1-3

戏软件的丰富，还带动了游戏硬件的发展，当游戏硬件无法达到游戏软件的要求时，更先进与更高性能的游戏硬件就会被研发，以适应更高要求的游戏软件，同时游戏软件的进一步拓展提升，又反过来刺激了游戏硬件产业的发展进步。二者相互制约，又相互促进；相互矛盾着，又相互统一。游戏软件的未来发展方向，还是以更加吸引玩家为宗旨，同时结合市场效益，游戏体积逐渐减小，游戏内容更加丰富，游戏质量进一步提高，其娱乐性更强，能更容易地使普通人参与到游戏当中来。与此同时，游戏的巨大影响力，也使得社会的相关机构更加重视其给人民带来的潜在影响，如欧洲一些国家，就不允许充斥着血腥暴力、色情的游戏在市场上流通。社会道德公信与准则，也逐步地融入数字游戏中。政府机构也更加重视游戏产业的保护，与游戏生产企业相扶持的政策也越来越多。以韩国为例：韩国文化体育观光部为此提出了七项相关的战略目标，战略式地进入全球市场、建立制作次世代游戏的基础、确保具备未来型创意的人才和前沿技术、创造游戏文化价值、流通环境的先进化、领导世界电子竞技运动和融合环境制度政策的体系化。为了使韩国在次世代市场中占得先机，韩国政府将推动一个名为"全球游戏中枢工程(Global Gamehub Project)"的项目。为了支持iPhone等受广泛关注平台上的游戏开发和IPTV等未来型游戏内容开发，韩国政府一共投入了700亿韩元。另外，韩国政府还计划在国内培养300家游戏企业以壮大韩国本土的独立游戏开发小组的力量。

再次分析游戏玩家的发展趋势。游戏玩家的发展和过渡也体现得非常明显，最早的游戏玩家，都是参与生产研制这款游戏的人，是一些设计师和程序家等等，而且电子游戏也并没有被当做一种商品在市场上流通。而现在的游戏玩家所覆盖的层次就太多了，基本上任何阶层、任何人群都能参与到游戏中来，电子游戏已经不再局限在研发者的手里，电子游戏已经是目前全球最为火爆的朝阳产业，是一种适合任何人群的娱乐消费品。在2008年初的经济危机中，游戏更是取代了传统电影业，成为民众新的消费方式。游戏玩家的成长，也是随着国家生

产力与经济的发展共同进步的。当初的游戏玩家，接触到游戏的设计者和科学家，因为他们是研发者，他们的目的性是科学。而后过渡到了商业，只是一种消遣方式。再后来的玩家就已经发展到了职业性质，以游戏为目的，从中获取利益。这都是生产力发展、经济发展的证明，因为人们的生活有了保障，有了提高，就有了更多的自由支配时间，这种自由支配时间就可以来参与到电子游戏之中来。经济的发展，给有空闲时间的人们提供了经济支持，让他们有条件来玩数字游戏。数字游戏的成长进步，一定程度上也代表着人类的成长进步。游戏玩家的分布也是有规律并且也是在发展的。青年人居多，其次是少年和老年。

图1-5

与此同时，作为现在的玩家主体的年轻人，在接受学校的教育和社会的规范后，更加理性地选择游戏，他们的游戏心理更加理性化。这是促进游戏进步更新的一种最根本原动力也是丰富游戏行业的一种刺激因素。中年人群因为存在着就业压力的问题，工作、生活的忙碌和充实，所以数字游戏，只能作为一种平时空闲时间的游戏方式，并不会过分地沉迷在游戏当中，其理性程度更高。而老年人，因为知识储备有限，接受能力相对较弱，且思想相对比较固定保守，不容易接受新的事物，从而导致了电子游戏在这个年龄层次的分布就比较少。但也存在着一些老年人，因为过上了优越生活，也开始逐步融入电子游戏之中，但范围不大，玩的游戏也

图1-6

都是小规模的、小型化的和益智型的。未来的游戏玩家的发展趋势，依旧是以当前的青少年和青年为主，其购买力和理性程度会越来越高，更刺激着游戏产业的更新进步。玩家的职业化程度也会越来越高，会有更多的职业玩家出现在社会中。未来，也许就会出现职业游戏玩家培训的专业机构。

最后来谈关于游戏的产品与异业周边，例如在游戏的销售方式上，Activision公司首席执行官Bobby Kotick在接受记者采访时表示，尽管通过数字方式的游戏下载将会是游戏产业未来的发展趋势，但就目前的情况来看，这种服务还需要进一步的完善，全面代替现有的游戏零售业尚需时日。

尽管如此还是有很多人对游戏产业的发展前景寄予了厚望，即从来没有像现在这么多的人开始接触并体验游戏，那些在80年代还是游戏爱好者的年轻人如今已经在和他们的孩子一起玩游戏了，当人们回首过去十年游戏产业的发展经历，再放眼未来游戏产业的发展前景，我们坚信未来将会更加光明。然而，目前游戏产业面临的诸多困境也是不争的事实，保持清醒跨越难关才是目前的重点工作，而游戏开发商要做的则是要保证游戏产品的开发过程更加高效化。在欧美流行的《Sercan Life》网络

游戏就内置全球各大游戏公司的产品广告。在2010年之前，将有超过100款游戏带广告，比如戴尔、英特尔公司的广告等等。有趣的是，某网站的采访所获得的一致答案是"只要广告不影响游戏，我们就无所谓"（图1-6）。

综上所述，数字游戏产业是目前被各国重视的朝阳产业，同时它也是一个挑战和机遇并存的产业，软件、硬件的发展势如破竹，而与游戏产业息息相关和它所涉及的人群也在逐步地发展着。未来的游戏发展趋势，有可能还是会延续目前已经存在的发展模式，或是在此基础上，逐步调整其产业结构使之更加规模化、科学化、社会化。

[复习参考题]

◎ 对数字游戏的发展方向提出自己的观点并阐述清楚。

第一章　数字游戏设计与东方艺术形式融合的可能性

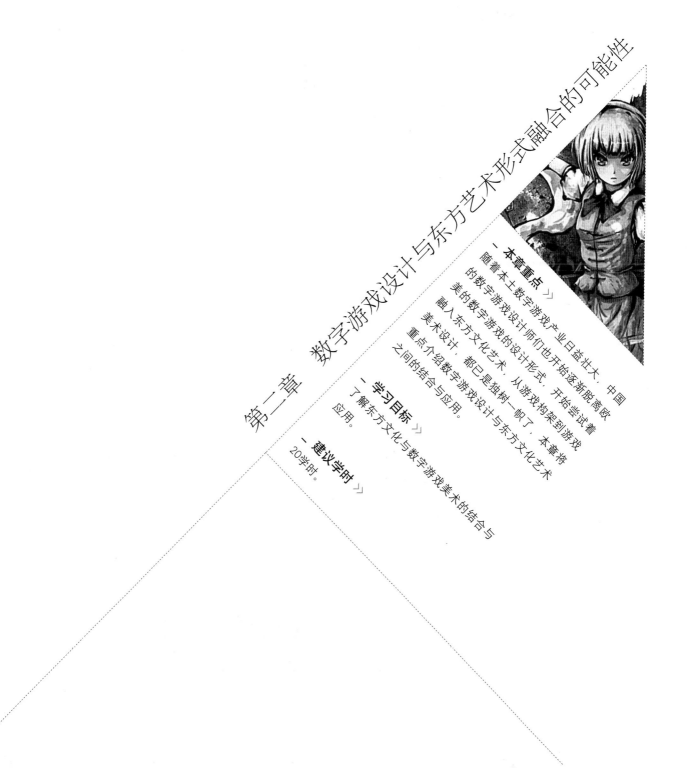

本章重点》

随着本土数字游戏产业日益壮大，中国的数字游戏设计师们也开始逐渐脱离欧美的数字游戏的设计形式，开始尝试着融入东方文化艺术，从游戏构架到游戏美术设计，都已是独树一帜了。本章将重点介绍数字游戏设计与东方文化艺术之间的结合与应用。

学习目标》

了解东方文化与数字游戏美术的结合与应用。

建议学时》

20学时。

第二章　数字游戏设计与东方艺术形式融合的可能性

在讲数字游戏设计与东方艺术形式融合的可能性的问题前，先来解释什么是游戏。

柏拉图的游戏定义

游戏是一切幼子（动物的和人的）生活和能力跳跃需要而产生的有意识的模拟活动。

亚里士多德的游戏定义

游戏是劳作后的休息和消遣，本身不带有任何目的性的一种行为活动。

拉夫·科斯特的游戏定义

（拉夫·科斯特，索尼在线娱乐的首席创意官）游戏就是在快乐中学会某种本领的活动。

胡氏的游戏定义

游戏是一种自愿参加，介于信与不信之间有意识的自欺，并映射现实生活跨入了一种短暂但却完全由其主宰的，在某一种时空限制内演出的活动或活动领域。

辞海定义

以直接获得快感为主要目的，且必须有主体参与互动的活动。

这个定义说明了游戏的两个最基本的特性：

1.以直接获得快感（包括生理和心理的愉悦）为主要目的。

2.主体参与互动。主体参与互动是指主体动作、语言、表情等变化与获得快感的刺激方式及刺激程度有直接联系！

一、数字游戏与东方文化的分析

自1952年电子游戏被发明以来，其形态一直在随着电子科技技术和社会的审美而变迁。最初的电子游戏仅以人机对抗或人人对抗为主，并没有鲜明的地域特色，当微电子技术发展到游戏内容不仅仅以计算机运算过程为游戏最主要规则时，文化艺术作为一种丰富游戏内容的方式而出现并与此前的运算规则相结合。

1950—1970年大多数作为商品而正式销售的电子游戏，因只能实现黑白等单色的欠缺，多以直接对游戏画面本身的描述出发，加以科幻的含义来进行命名，如《Spacewar》《Galaxy Game》等，大多以宇宙、星空等词作为游戏名。如不在游戏框体上写出其名字，玩家在游戏过程中很难对画面中的黑白点线产生对游戏主题的联想。

1971年，Mike Mayfield编写游戏《星际迷航》，这是首次出现与电视剧集有所互动的电子游戏作品。Don Daglow对此作品进行了扩充并将电视剧集中的角色以文字形态添加进游戏内容。此时，游戏能够以文字表述故事内容。也因此，游戏厂商开始一些以当时的流行文化为游戏主题的改编尝试。

直至1975年，正式的文字冒险游戏与图形可视游戏诞生。《洞窟冒险》中玩家以文字进行游戏操作的输入和得到游戏输出内容。类似于桌面角色扮演游戏《龙与地下城》由学生设计师戴格劳改编为电子游戏《地下城》，并开创了视野可见的图形游戏模式。

《龙与地下城》（Dungeons & Dragon）原本是世界上第一个商业化的桌面类角色扮演游戏，诞生于1974年，为一套纸上游戏规则，由参与者进行分别安排角色扮演而进行游戏，游戏过程常常因为玩家将自身代入角色的扮演行为而有声有色。其中对于游戏环境的描述包括虚构或对现实环境有所参考的地理、历史、宗教传说等。继而出现更加完善的《龙枪编年史》系列作品。

而此种介于文学、艺术之间并利用数值模拟判断和骰子乱数条件确定游戏胜负等结合了文化和数学的游戏进行方式引入电子游戏中所促成的D&D电子游戏模式，成为了电子游戏与传统文化的首次亲密接触。并且此后众多电子游戏的设计制作思路也以此为基本，开始提倡玩家从本身视角出发能够理解和感受的代入感和情境体验，从此明确了电子游戏对于人们所熟知的文化内容的需求。

当今的欧美系游戏作品如《战神》《魔兽世界》《阿尔戈斯战士》，其故事背景和其中的剧情设定均来自于欧美传统文化中的神话、民俗、传说等。魔兽世界中所设计的现实生活中没有的精灵种族，则来自于北欧神话传说里众神战争中巨人尸体上诞生的灵性生物及《圣经》中夏娃对神隐藏起来的孩子，经过长期的民间传说过程最终被文学家在奇幻文学中确立了如今的形象，从而被游戏作品所吸收演绎。如同中国游戏受众对于《西游记》和《封神榜》中形象的认同感，欧美玩家对于魔法师、精灵、兽人等形象的认同感也极高。

当玩家认同游戏题材和游戏创造的环境时，游戏就具备了使玩家有投入感的基本条件。从而带动游戏的销售和周边产品的销售。

游戏使用传统文化内容来吸引玩家，玩家乐于购买自己所熟悉并认同的游戏产品。于是作为游戏创作者，在设计制作游戏的过程中就会致力于游戏题材的挖掘和研究探讨，将一些原有的文化艺术思路和表现形式加入到游戏产品中。这个成熟的创作方式一直沿用全今，而作品的内容也随着技术与人文的发展而发展。

如今，就算是架空世界观的科幻、奇幻游戏作品，也为了迎合游戏发行地区人们的审美，而做出一些有地区特色和地区传统民族文化的设定内容。

文化和文化产业具备的三个基本特征：群体性、历史性、价值观和信仰。这里的群体主要是指一个民族或者国家。也就是说文化是一个群体在过往几百乃至几千年的历史中形成的特征，这些特征在抽象层面上是民族的价值观和信仰，也就是说一个民族之所以成为一个民族，是因为他们具备相同的价值观和信仰。而文化在具象层面上，则形成了文化产业或文化产品，这些文化产品也具备这个民族的特征，当人民看到这些文化产品时，自然会联系到制作这些文化产品的国家或民族。

2008年中国ChinaJoy高峰论坛上，网易公司总裁丁磊先生畅谈其一直希望"把中华的文化通过作品（网络游戏）本身，传递给我们的消费者"，而完美时空总裁池宇峰先生则强调网络游戏海外出口的重要优势就是"传播中国文化"，很显然中国网络游戏界的领军人物们已经意识到了让游戏融入文化的重要性。

文化是电影、电视、电子游戏等一些文化创意产品的灵魂，正如思想之于人，人没了思想就是"植物人"、就是一具没有精气神的空壳，文化创意产品如果没了文化就只是声音、文字和图像的拼凑品，品之一定无味。

常见的传统义化在电子游戏中的体现通常为以下几种：

1.有地方传统文化特色的剧本、对话和人物性格；

2.有地方传统文化特色的民族服饰、首饰、物件；

3.有地方传统文化特色的游戏类型和玩家喜好。

以同类型的日本游戏与美国游戏作对比，可以很明确地看出其文化形态上的差异对于游戏视觉设计、剧本内容、音乐作曲等最直观面对玩家内容的影响。

同样是音乐类体感游戏，具有东方文化背景的《太鼓之达人》和具有西方文化背景的《摇滚乐队》具有在极其类似的操作方式下截然不同的精神风貌与整体感官效果。

《太鼓之达人》中以日本的太鼓作为游戏中玩家需要演奏的乐器，音乐常见日本流行轻音乐、民乐、童谣及动漫歌曲，专门为了配合本游戏所作的乐曲均为各种日本民族乐器进行电子模拟演奏的曲目。整体的视觉艺术风格采取浮世绘与日式动画上色相结合的勾线平涂法，游戏画面以节日庆典上各路神仙与动物随音乐起舞的场面为主，展现出日本的节日庆典民俗活动等地域文化风貌。

在《太鼓之达人》中有着丰富的表现日本民族传统文化的细节，例如游戏中的角色形象。游戏以对身穿祭典短和服，腰绑绳带的红色与蓝色的太鼓形象为主角，游戏难度以日本花札纸牌游戏中的

"松竹梅"来区分,游戏曲目的选择用卷轴进行表示,而有生命的铃铛、会跳的章鱼丸子、忍者狐面具小熊和直立的柴犬等有着鲜明的日本传统文化特点的事物欢聚一堂,也表现出在日本本土朴实的宗教信仰中世间万物皆有神灵的观点。

《摇滚乐队》则体现了欧美人的审美习惯,较为写实的3D人物造型,服装和形象极尽新潮前卫,乐器以吉他、贝斯、架子鼓、电子键盘等新式电子乐器为主,音乐的选曲方面也精心挑选欧美流行歌曲和各种喧嚣类型的摇滚音乐,游戏场景采用各种镭射灯光的舞台、演播厅和社区搭建舞台等具有美式摇滚风情的场合,充分体现了美国这个国家热情奔放的民族文化。

摇滚乐队中的服装设定多见美式嘻哈文化风格的衣着,文身TATOO和涂鸦在游戏里也常见,玩家可自行选择如墨镜、男士发带、背心仔裤等时尚服装。游戏中有"世界巡演模式"通过全力演出可得到越来越多的乐迷支持和分数,随着乐迷群体的扩大,玩家可购买面包车、旅行大巴,甚至一架喷气式飞机。还有可能挖到另一个乐队的管理员,雇用人员,印乐队的名片。游戏进行的方式和乐趣点都非常符合"年轻的美国"的美国人性格中独立个性——夸张、奔放、强调个人价值、崇尚竞争、有成就意识的民族特点。

在当今社会,电子游戏作为一种逐渐被大众所接受的娱乐方式,在人们的休闲生活中所占的比重已经具有相当的份额。一种能够清楚表述某种文化并能反映时代特征的载体作为公开发行的出版物,发行量越大,受众面越广,方式越新颖直观,对于它所承载的文化的传播就越有利。

夏征农民族文化教育发展基金会的夏潮声指出,在日本,人们擅长使用包含强烈的视觉冲击的多媒体声光电等各种高科技手段重新包装文物。而说到二国,许多年轻人首先想到的是二国题材的电脑游戏与动漫。这也是日本人的长处,他们擅长使用与时俱进的载体。

调研显示:中国主流电子游戏用户——网络游戏玩家11%分布在18岁以下,50%分布在19~25岁之间,也就是说:中国18岁以下网络游戏用户规模有580万,而19~25岁之间网络游戏用户数有2750万。从在线时间来看:每天在线1~3个小时的玩家有32%,而每天在线3~5个小时的玩家更是达到了38%。数量众多的玩家在游戏中的时间已经远远超过他们花费在电影、电视等传统娱乐上的时间。

在电子游戏能够成功传播其承载文化方面,最为典型的一类是游戏音乐。

在游戏玩家进行游戏的过程中,一首用于菜单界面或大地图的乐曲几乎伴随游戏的全程。一份制作较为成功的主流游戏,其流程长度短则几十小时,长则上百小时。一份销售较为成功的主流游戏,其销售量从二十万到近百万皆有可能。著名的《最终幻想》系列,全球销量超过8500万份,系列中的《水晶主题曲》因此游戏获得了至少8500万听众。《女神异闻录——人格面具PERSONA》系列进行召唤兽合成的场景所使用背景音乐《全ての人の魂の诗》由青木秀人作曲,目黑将司编曲。在玩家进行这个游戏过程中,这个名为"蓝色天鹅绒房间"的场景因为游戏系统对玩家的吸引力(合成召唤兽次数十分频繁加上玩家合成时反复尝试多次以获取自己最想要的结果)而常常占据游戏整个流程的大部分时间,其背景音乐自然也被同一名玩家连续反复收听成百上千次之久。普通的音乐作品难以达到在如此的收听次数和时长下仍然不被欣赏者所厌倦,而只有游戏音乐能够做到。

二、海外电子游戏作品中的中国民族文化

(一)海外电子游戏作品中所含有的中国文化的形态

在海外游戏作品中含有中国民族文化内容的游戏并不少见。早期的海外游戏作品常以将意识中的有色印象用以代替中国本身的文化元素,如早期的《街头霸王》中对于中国女警察的形象设定就采用了梳发髻的旗袍形象,但因为首次在游戏主角阵营中出现了正面中国女性角色受到中国玩家的认可,此形象被沿用至今。

在将中国文化纯印象化的年代,女性正面角色的设定形象以旗袍为主甚至只有旗袍,反面角色

偶见清式僵尸，男性正面角色以功夫明星李小龙和成龙的形象为主，反面角色常见灰黑色功夫装和清装，以及斗笠辫子等陈腐印象。直至近些年，XBOX主机上微软公司出品的欧美系大作《翡翠帝国》仍以欧美人印象中的中国为环境设定的基础，游戏里面充斥着以功夫为名的魔法和各种中国人难以理解的印象偏差。

当三国题材逐渐流行后，日本开始对《三国志》进行游戏剧本的改编演绎。KOEI公司出品的一系列《三国志》主题游戏中，对于中国文化的描写可见其细致入微的研究。人物服饰设计绘制基本参考史实记载，对于中国古代书籍的介绍和描述也基本属实。

写实类的中国题材游戏对于中国民族文化的描述和传播作出了十分重要的贡献。战略游戏《三国志》系列作品中对于三国时期各势力中不同民族将领（如孟获）的形象刻画相当符合原书本来的面貌。

其中如《三国志II》等作品更是连画面都尽力使用水墨画风格的地图场景，其游戏和水墨艺术有关的部分是由四川省美术家协会的曾刚先生完成的。

角色扮演游戏《真女神转生》系列则在严谨地研究了中国的神话故事后挑选了中国部分民间传说中的神怪形象进行使用。将《白蛇传》中的白娘子在选入游戏中时，对其的介绍特意将民间传说原版到演变为文人改编故事版的过程都罗列其中，相当尊重中国本土民间故事的原本面目。

当代电子游戏作品中常见一种在了解中国文化原貌的基础上，采取史实中出现的特点、美学设计并加以现代化、时尚化重新构造的戏说类别，其中包括KOEI公司近十年内制作的《三国无双》，以三国演义中的角色进行加工设计，按照当代人审美观糅合了世界各国文化元素以中国文化为基本所制作出的个人英雄主义战争游戏。

这一类游戏常以高销售量、高欢迎度而闻名，游戏本身在世界范围内宣传了中国的文学、中国的律筑艺术和中国的历史人物，但是对于其中的内容的篡改常常引起不熟悉中国文化的人的误解。

有些非真实世界观设定的奇幻题材游戏，也会出现用中国式服饰造型的角色。如挪威Funcom公司出品的《神秘世界》等游戏其中就有用中国文化背景做设定的职业类型。

时至今日，大多海外电子游戏中对于中国仍然有着略微刻板的印象，常以中国书法字体、中国旗袍、中国功夫、中国建筑、中国熊猫和中式的杂货市场等事物来代表中国在游戏中的形象。

（二）海外电子游戏吸收使用中国元素所造成的影响和收益

海外电子游戏厂商中最受中国所惠的当属上文中提到的KOEI。在不同的年代里KOEI公司制作不同类别的中国文化题材游戏，因其对中国历史文化的了解和符合商业艺术客观规律的改编，其游戏远销海外，在并未向作品主题发源地的中国销售的情况下，取得了稳定且高昂的商业价值。《真三国无双》系列销量于2010年4月突破500万。

而并不十分注重设定上的严谨性的《翡翠帝国》，仅靠欧美玩家对古老文明国度的兴趣与向往与厂商历来的游戏素质，就登上了发售时的当周销量排行榜冠军，实在不能不引人深思。

同样是传播中国的文化，无论对错都同样引起关注和兴趣，那么，为什么不试图去影响他们去传播正确真实的呢。

（三）海外游戏受众群体对于中国文化的看法

海外游戏受众群体大多处于一种无分辨接受含中国文化内容的状态下。少部分对中国历史文化感兴趣或因喜欢中国题材游戏而开始研究中国文化的海外玩家逐渐开始尝试自行找寻了解途径。

在此引用一段由欧美网上游戏评论者Novosquare所调查并评述的内容：

西方人对于中国的理解往往局限于唐朝、清朝以及共产主义中国三个时期，结果就忽略掉中国其他时期所隐藏的有趣历史。所以，当我们第一次见到《三国无双》里那些手持巨大武器的英雄们时，很难把他们跟龙与肯或者其他日本武士区别开来，也不能理解整个亚洲——也许在东亚这种兴趣更为明显——对三国时代的兴趣有多么狂热。这种狂热是如此的持久，以至于我的一位华裔朋友说：一个不知道三国的中国人就好像一个不知道曼尼·拉米雷斯与奥堤兹的波士顿红袜队球迷一样不可思议。

令人遗憾的是，我们对三国的了解，却恰好和大部分中国人对拉米雷斯的熟悉程度相当。我的很多朋友喜欢打《三国无双》，当我问他们为什么，他们只是回答："这很酷"、"这很爽"或者更糟："我喜欢胡乱砍人"（后者实在不该玩游戏，他应该去看德州电锯狂人）。这是一件让人感到尴尬的事情，我们很喜欢一个东西，却压根不知道那是什么。这总让人联想到现在坐在白宫里的那个共和党的傻瓜，他很喜欢伊拉克，但却压根不知道那里藏着些什么武器，结果他的理由只是"喜欢胡乱砍人"。

所以，我觉得有必要作一些研究来避免这种尴尬局面，并与你们分享。这样一来，下一次当中国人问我们"你觉得吕布怎么样？"时，我们不至于只是回答"哦耶，他是个不赖的家伙。"（译者：这里作者用了一个双关，原文为 hard cock，既指强壮，也有种马的意思）。为此，我收集了一些相关的英文资料，并且很幸运地找到了Dr. Moos Roberts翻译的《三国演义》。虽然我没时间读完它，但作为一本带有人名索引的工具书，它对于我的研究很有帮助。

三、中国本土电子游戏产业的现状

（一）中国本土电子游戏产业的分析

中国本土的电子游戏产业经过多年应对盗版等不健康消费环境的抗争过程后，能够使玩家直接面对运营商进行消费的网络游戏占据了中国电子游戏市场中的主要地位。

中国本土网络游戏产业刚刚完成由代理引进占据市场份额较大向自主研发占据市场主流转变的过程。经过中国特色游戏市场大环境的检验和洗牌，目前我国自主研发的本土主流游戏类型以多人在线角色扮演游戏和多人在线休闲互动游戏为主。《2009年中国游戏产业报告》相关数据显示：2009

年中国网络游戏实际销售收入为256.2亿元，比2008年增长了39.4%，为相关产业带来的直接收入达555亿元。中国自主研发的民族网络游戏实际销售收入为165.25亿元，比2008年增长了50.1%，占我国网络游戏实际销售收入的64.5%。2009年，共有29家中国企业自主研发的64款网络游戏进入海外40多个国家和地区，实现销售收入1.09亿美元，比2008年增长了53.9%。

（二）国内政策环境／人文环境对于游戏制作运营的限制因素

近年来国产网游发展迅猛，主要原因是政策环境、舆论环境相比较之前有所转好。

但是总体来说，与明确扶持游戏业的韩国政府相比，中国政府对于网络游戏的扶持力度还远远不够。很遗憾的是，中国政府决策部门至今对于网络游戏没有一个明确的界定。在不出事时对网络游戏放任自流，一旦出事又矫枉过正。对于投资见效迅速的游戏代理这算不了什么，但对于需要不断积累经验的游戏开发商来说，产业政策的不确定明显制约了其发展。产业政策不明确的态度导致的网络游戏管理权力的分化，很容易造成相关监管部门在具体操作过程中的相互冲突，不利于网络游戏的良性发展。

（三）中国电子游戏的用户群体研究

中国的电子游戏总体用户群体覆盖全年龄层，早期8位电视游戏受众群体直至今日仍是一个庞大的数目，老年人中也有一定数量以此为娱乐消遣的活动。街机用户以青少年和青年为主，运动及音乐类游戏框体吸引大量此年龄段本对电子游戏没有消费习惯的群体。家用机用户以消费能力高和有自主私人空间的青年人及中年人为购买主力，而掌上游戏机则偏向于低龄化和女性化，中年人购买掌上游戏机较少以游戏为目的。

作为目前中国的主流盈利游戏方式，网络客户端游戏、网页游戏、手机游戏三者中，网络客户端倾向于着重吸引当前消费意向高的玩家，手机游戏吸引青年用户，网页游戏着重吸引办公室人群。

经中国CNNIC调查，用户低龄化、低学历、低收入是我国网络游戏用户群体的显著特征。CNNIC报告的统计数据显示，我国22岁以下的网络游戏用户占到了总体的52.5%；专科及以下学历网络游戏用户占到了整体的77.1%；无收入群体占到三成，而有收入的用户群体也主要集中在1001～2000元的收入区间。

（四）国内游戏公司在游戏制作运营宣传上的共同特点及其利弊

鉴于网络游戏市场投资小、回报大、回报速度快的现状，国内大多游戏公司在游戏制作上惯于大体参考市面上的同类游戏然后自行进行小部分的创新，如采用国外游戏的系统框架绷上中式文化面貌的外皮。优点在于游戏成型速度快，游戏方式已经经过市场检验，玩家对游戏的接受度上比较保险。缺点在于千人一面，游戏耐玩度低，千人一面很难留住忠实玩家。在运营宣传上人多注重短期效益，以公关公司铺开宣传为主，新闻稿中大量使用流行关键词，游戏广告大肆选择色彩艳丽的图像和有噱头的内容。优点在于宣传面广，吸引眼球的效率和力度都比较足够，缺点在于审美疲劳及涉嫌低俗的内容容易引起用户的反感。

（五）中国电子游戏产品在海外的销售运营状况

较为知名的在国外成功代理运营的中国国产游戏包括《天龙八部》《航海世纪》《剑侠情缘网络版》《完美世界》等。从近两年28款国产网游的海外输出情况看，大多限于日本、韩国、泰国、越南、马来西亚等东南亚地区，在这些地方，中国网游确实获得了很好的口碑。金山公司在越南推出的《剑侠情缘》网络版，占到了当地网游市场80%的比例，排名第二的也是他们的《封神榜》。完美时空公司也出具了他们的"成绩单"：《完美国际》《武林外传》两款游戏分别进入日本、韩国、马来西亚、泰国、巴西等17个国家和地区，在多个国家取得了第三名或第五名的成绩。有媒体甚至给出了极高评论："与家电、手机行业抗衡外资品牌的漫漫征途相比，中国网络游戏完成这样一次转身似乎仅用了两三年时间。"

四、中国本土电子游戏产业中的中国民族文化现状

（一）中国本土电子游戏产品中的中国民族文化形态

中国本土电子游戏中具有民族文化形态的题材游戏，最典型的当属武侠游戏和历史题材游戏。

武侠游戏、神话游戏和中国历史题材游戏在国外也屡见不鲜，但是在中国本土制作人员的手下，便具备了如同汉语一般熟悉、了解而不需造作的基本条件。

优秀的单机游戏系列作品仙《剑奇侠传》无需多说。

如历史题材的《秦殇》，游戏策划人员为了真实地反映历史风貌，参考了众多的秦国历史资料，力图在游戏中体现秦朝当时的种种风土人情、民俗文化。游戏的地图以再现秦朝当时版图为准。根据史料拟真出超过100个独立的场景，包括了当时的城市、村镇以及野外、山洞等。出现长城、秦始皇陵、阿房宫等人文景观。自然场景中，中原、北方和南方三个地区各自不同的自然景观，植被和建筑。

以中国神话故事为题材的网易《天下Ⅱ》内容取材于《山海经》《搜神记》《太平广记》等。游戏再现了中国真实地理风景，现实中的很多地方的景观特色都被融入游戏中，如白水台、五彩池、八卦田等等。其中的结婚系统也采用中国民间神话传说中促成姻缘的喜鹊作为申请"结婚"的NPC。

可以说，由中国人自行制作的游戏作品，除少数劣质作品外，大部分都尽力以"还原"来进行制作上的考虑，包括武侠题材，也通常是建立在还原金庸或古龙等各路文学名家的作品这个前提上的。出现了中国人习惯的武侠内容以外的东西，那就不能够叫做武侠主题作品。因此，中国民族文化题材在中国游戏制作者的手中，大体还是能够还原其原貌的。

因此，目前中国市面上最受欢迎的国产网游，

均以武侠、历史和神话为主。除了对题材的熟悉程度使得作品较容易获得成功外，大部分中国本土游戏玩家对故事内容都有一定认知度和兴趣，使公司省下不少市场推广和用户获得成本。

（二）中国本土的非中华文化题材游戏中的中国民族文化体现

弘煜科技所开发的《风色幻想》系列可算是国人作品中异域魔幻题材的代表了。游戏以神魔战争为故事背景，整体细节表达都配合了故事设定的魔幻世界观，很难从非文字的内容查看这款游戏的出产地和其制作者的民族文化。

但是，这款游戏的几款更新资料片，其中一款名为"中秋节小礼物"于2007年中秋节提供给玩家下载。

这一个资料补丁包充分体现了中国传统民俗节日在本土非中华文化题材游戏中以最基本的民俗习惯方式被发扬开来。

（三）中国本土游戏内容中对于中国民族文化的缺乏、滥用与误解

现如今中国本土游戏中并不是所有的游戏都能够秉着十分严谨的态度去进行中国民族文化的展现。

由《中国青年报》近日发起的对网络游戏的调查显示，53.7%的网友认为国产网络游戏对中国文化的传播"不太充分"。

例如有些游戏挂着一个朝代的名字却穿着其他朝代设计风格的服装，以及诸多游戏采用欧美职业系统直接冠名以中式职业名称，牧师作药师，战士作刀客，历史及民俗内容有却混沌不清。中国的文化包括古典故事大多不具备清晰的体系，不太适合直接改编成网络游戏。AD&D是西方最为流行的奇幻文化规则，这套规则有着清晰的体系，例如种族、职业、技能等，非常适合改编成网络游戏。但不能因此而直接洋为中用，将游戏的"硬件"生搬硬套得可以使用，却忽略了"软件"的合理与否。

在游戏中融入中国文化的前提是游戏设计者要了解中国文化。文化是个很抽象的概念，但是并不是说他没有具象的表现。中国有五千年的历史，也是世界四大文明古国之一，并且在古印度、古埃及和古巴比伦帝国逐渐衰落甚至消亡的情况下，中国的文化一直得到了很好的传承。过去的五千年，中国创造并留下了太多具备鲜明中国特色的东西：北京雄伟壮阔的紫禁城和长城，江南水墨画似的水乡，还有武术、陶瓷、茶道、剪纸、灯笼、对联、琴棋书画、梅兰竹菊（也许别的国家也有，但是在中国梅兰竹菊代表的品质却是独一无二）、京剧、诗词歌赋等，这些都能见识到中国文化那种道不清的神韵。除此之外，《山海经》《诗经》《聊斋》《二十四史》《西游记》《水浒传》《三国演义》等记录了中国在过去几千年发展过程中的发展史以及古代中国人民的创意，他们无一不是极具中国特色的。

文化不能仅仅是个壳，不能单靠秦砖汉瓦等表面的元素和符号来堆砌，儒、释、道等传统价值观和哲学思想才是中国文化的精髓所在。只有当网络游戏的创作者自己真正了解民族文化，不是为了做出商品而临时抱佛脚，真正拥有了勇于承担传承和发扬文化的历史使命感，才能进一步加深对于中国文化内涵的理解，真正贯彻到游戏创作当中，才能真正让中华文化成为一种"润物细无声"的气质渗透到每一个设计当中，达到潜移默化的效果。

[复习参考题]

◎ 对于以中国为主的东方文化如何能与本土的数字娱乐产业尤其是游戏产业结合得更好提出个人的观点并阐述清楚。

第三章 游戏角色的服饰设计

《本章重点》

随着数字游戏技术的不断提升，画面质量与视效效果也日渐提升。玩家们对游戏的真实性要求也日渐提升，作为数字游戏美观性要求的一大亮点——游戏道具与服饰，当然需要更加美观、大方。本章我们将着重介绍数字游戏中服装设计的方法及流程，以及制作过程中的注意事项。

《学习目标》

了解学习数字游戏服饰的设计制作理念和方法。

《建议学时》

8学时。

第三章 游戏角色的服饰设计

游戏角色作为游戏的灵魂，贯穿游戏的情节，始终是玩家关注的焦点，是游戏设计本身重要的因素之一。好的角色造型设计是游戏精神和情节发展不可缺少的构成元素，是游戏精神的载体。而反映游戏角色个性的最主要手段则是围绕角色的服饰设计展开的。利用游戏角色服饰特有的视觉风格，实在在地转移或改变人的情绪，支持和弥补游戏的可玩性。因此游戏角色的服饰已经成为征服玩家的重要手段之一，研究游戏服饰设计不仅能促使游戏设计不断深化，对拓展游戏周边产品也有着积极的推动作用。

第一节 ///// 游戏角色服饰的作用

一、满足玩家对服饰美的追求

在游戏服饰的发展中出现了装饰性外套，这种没有附加攻击或者防御属性的服装，在游戏中最重要的作用就是美化游戏中的角色形象。装饰性服装的出现和迅速丰富，体现了人们对服饰美的自然追求。

二、角色服饰是角色扮演类游戏中的功能道具

在角色扮演类游戏中，游戏角色服饰的变化是玩家在游戏中不断升级的功能道具，低等级向高等级不断前进的过程中，角色防御进攻的能力随着服装配备的属性变化而不断提升，这时角色服饰重要功能是游戏角色的功能道具。

三、游戏虚拟社会形态的反映

玩家在游戏中挑选角色的服饰不仅仅是为了华丽的视觉效果，游戏中的不同风格、款式、时代的服装可以给玩家一种虚拟的替代体验，满足玩家在现实生活中也许无法实现的体会。不同类型、风格的游戏往往虚设了不同的种族、不同的职业岗位、人们可以自由地选择自己的职业种族，挑选相配套的服饰将强化玩家在虚拟的游戏社会中的真实感。

四、角色服饰是游戏中情感表达方式

通常人们因为所处环境的改变情感也会发生改变，这些影响可以鲜明地反映在每个人的服饰特点上，可以说，服饰是人类情感的集中体现之一。在动漫作品和网络游戏中，人物服饰的情感设计往往更能够吸引玩家，产生共鸣。比如在角色扮演类游戏中每个主角的不同的成长背景、性格定位都会通过他的服饰款式、材质、色彩来体现人物的内心世界。

五、角色服饰是玩家表现自己个性、爱好的媒介

对每个人来说，不同成长经历、年龄段的人群对于服饰的选择都会有很大的不同。这种基于个人兴趣的审美情趣在休闲类游戏的服饰搭配选择、色彩组合中尤为明显。各种各样的服装混搭方式因玩家游戏时的心情、兴趣而组合在一起，由此来表达玩家的性格趋向。

第二节 ///// 游戏角色服饰设计的特点

众多游戏产品中，由于各国游戏艺术发展历史及文化背景的不同，产生了风格迥异的各种风格流派，为此游戏角色的服饰各具特点。

一、欧洲游戏角色服饰特点

欧美游戏主要的类型包括体育竞技类、第一视角射击类、冒险动作类及网络RPG游戏。游戏总体的美术风格继承了西方自古以来的写实画风，无论是对角色造型还是对光影的描述，都是基于对客观

世界的尊重，即使是夸张，也出自严谨和富有逻辑性的设想。因为西方历史文化背景，服饰的设计思路和服饰的表现风格上都受到欧美的奇幻小说、动漫、插图的影响。角色的服饰在款式结构、色彩、面料的质感和效果上都有着相似的特点。

欧美RPG游戏，角色的服饰设计以写实为主，多以西方某个历史时期的着装打扮为原型，服饰的设计安排上力求符合人物所在时代的特色和游戏的魔幻灵异的风格。服装展现的面料质感多表现棉、麻、毛质的粗纺配以磨损的卷边，不追求完美无瑕，以能反映当时的服装风貌为重点。

冒险动作类游戏以一些虚拟的科幻世界激发玩家想象思维的延伸和开创新事物的欲望。服饰的设计主要以简洁设计和"未来主义"设计为主。服饰的设计以突出人体美和高科技为主，男性服装造型常用X形和Y形，女性以V形、S形为主，服装的色彩和材质偏好强烈的色彩对比。

体育竞技类、第一视角射击游戏，游戏角色的服装忠于现实生活中的服装款式。篮球比赛的运动装就是现实中的运动装，有时甚至连颜色都和NBA的明星球队的颜色一模一样。射击类的人物服装多以迷彩战服为主。

二、日韩游戏角色服饰特点

日韩游戏从游戏人物的造型设计的特点来看，游戏的角色设计非常强调角色的偶像化，男性多是高大英俊的美少年，女性是清纯长腿的美少女，具有程式化特征。游戏的人物服装体现出的浓郁东方色彩，特别是日本的传统民族服饰特点明显，比如最早风靡全球的《街头霸王》里的身穿日本柔道服的豪鬼、穿着传统相扑服的E.HONDA、扎着绑腿的飞龙和穿着改装旗袍的春丽等。与日本区别较大是韩国的游戏很少有以本民族的服装创作，多以西式服饰为主，特别是在网络RPG游戏中更为明显。

此外亚洲地区特有的Q版游戏中，还产生了大批充满可爱的梦幻效果或者幽默搞笑特点的服装。这些服装的主要特点体现在它对服装款式的提炼，服装注重以少概括整体，服装效果强调色彩的搭配。

三、我国游戏角色服饰特点

国产游戏角色服饰设计特点主要集中在以中国武侠小说或者历史故事为题材的游戏产品上，服饰、装扮在表现手法上有中国传统文化的影子。单机版的武侠RPG游戏，通常借鉴中国传统的白描线条造型或者传统连环画的绘画风格。随着3D技术的采用，现阶段的角色服饰设计特点主要体现不要求忠实再现游戏设定的时代背景。设计方法上尝试以各传统设计元素的糅合、叠加，以及综合现代服装结构造型和古典服装的设计。号称"国产网络游戏的里程碑"的游戏《傲世OL》，是一款以三国为背景的网络游戏，大将的盔甲并不完全按照汉代的款式设计，而选用了着装效果更加威武，游戏画面装饰性更强的唐、宋、元时期的盔甲形式，搭配上典型的汉代纹饰，使服装效果更加华丽。女性的着装以现代审美出发，着装讲究线条美。

第三节 ///// 游戏角色服饰设计构思

一、游戏角色服饰设计的主题

游戏角色服饰主题是服饰素材选取的核心部分，也是想要表达的情感依据。不同的主题构想，会产生不同的角色服饰风格。无论从游戏的商业流行视角还是从艺术的创造方面来看，有魅力有影响的主题，是角色服装推创所不可缺少的。

从大的范围来概况主要考虑以下几个方面。

(一)以地域特征为主题

因为种族、文化、宗教及历史等原因，或者因为地质、气候、自然环境的影响，构成了多姿的异域风貌。游戏常常设定各种异域的奇光异景，极寒地带的冰峰雪地、热带非洲的沙漠雨林、美洲的高峡平原、欧洲大陆的古堡田园等雄奇壮观的特色和景致。角色服装的设计可以从异域的自然与人文景观中获得主体性的启迪，来生成新的艺术设计。游戏角色服饰策划中以地域特征为主题是十分常见的。如韩国《永恒OL》的"西部风情"牛仔造型，国产网络游戏《天之游侠》的牛仔装等。

（二）以民族特征为主题

民族的特征是由特定社会的人类语言、信仰、习俗、地理等因素构成的。不同的民族，以不同的肤色、发色、相貌和不同思想、文化构成社会形态的重要部分。民族是人类文化的积淀来源，反映在住宅、饮食的生存状态上，体现于包括穿着在内的代表本民族特点的各种服饰形式中。各民族多样的服饰文化使人感受到深邃的文化传达和艺术特性，也为游戏角色的服装设计提供了大量可以引用的素材和主题。各民族长期以来形成的标志性的不同着装形式，中国汉族的衫袄、满族的旗袍、苗族的背牌、褶裙，以及希腊传统的袍装、穆斯林的头盖长袍、印度的纱丽、日本的和服、韩国的长衣等带有浓厚民族特色的服装。

在游戏中，以古老的服装饰物、图案、花色的独特服饰形式，对游戏世界中层出不穷的奇装异服而言，无疑是一种新的刺激和补充。北美印第安人的羽毛、贝壳、毛皮织物、金属等组成的饰物和衣着，爱斯基摩人的兽皮服装、非洲土著披挂树叶草绳的装束等等，数之不尽的民族服装都为游戏中的服饰创新给予深刻的想象发挥和真实的美的感触，成为创作中无尽的主题。如著名的《仙剑奇侠传》里的灵儿、彩依的汉装，巫后、阿奴的苗族服装等等。

（三）自然主题

在人类的发展里程中，自然界山川绿野、湖泊海洋、鲜花绿叶等各种宏观和微观的自然景物，总是赋予人类首要的艺术造型形态的生动主题，将抽象的感受转化为有美感的设计表现。远古时期古老的植物、动物都成为原始人类创造、构想之源泉。希腊、古罗马的建筑造型艺术的原形是与月桂树、常青藤、葡萄等自然界生物相联系，自然界蕴藏了无穷无尽的美。以大自然为主题展开联想构思在服装设计中运用十分广泛，设计师通过对大自然及社会生活中各种美好形象的感知，引起某种共鸣而诱发产生设计，依靠一定的服装轮廓造型、服饰图案、色彩质地、饰品等方面来表达。

（四）时代主题

在人类漫长的社会进程中，可供服装设计选择的时代主题是丰富多彩的。古希腊"缠身型"直筒裙式长衣、短式斗篷外衣，罗马时期庄重而高贵的托嘎(TOGA)外袍，16世纪文艺复兴时期的开缝装饰(SLASH)、骑士裤、体现人体曲线美的紧身胸衣和撑裙，17世纪巴洛克风格的袒胸紧身上衣，形式多样的衬衫，多层衬裙、裙边翻饰的花边、缎带。18世纪男士的绅士礼服，法国流行的连衣长袍充分体现出洛可可的服饰风格。到了19世纪强调装饰性的S形样式，使得外观极尽曲线美是创作设计常用而有效的捕捉灵感的方式。目前游戏服饰设计的主题比较集中在几个最具特点的时代，尚有很多时期的服饰可以成为游戏美工创作的灵感溯源。

二、游戏角色服饰设计的构思过程

游戏角色服饰作为一种有艺术性和功能性的产品，其创作离不开构思。构思是在明确设计主题之后，游戏角色服饰设计的第一步。构思是一个整体过程，主要包括三个阶段。

第一阶段为收集素材。收集素材的目的在于为设计提供感性的认识和灵感的启迪。从各种直接或者间接的物质形态中获取创作的感受，例如优美的景致、漂亮的人物、美丽的花草、历史文物古迹，或者晨光朝露、光影变换等，通过亲身游览采风的途径，或者电影电视、书刊杂志、网络等传媒方式间接获得素材，为设计构思增加参考依据。

第二阶段是形成设计灵感。设计灵感的出现在于对收集到的素材内容的高度兴致，许多成功的设计灵感正是源于长期的审美积累和冥思苦想。

第三阶段是对主题的深化、提升。角色服饰设计构思的完善是多个因素的结合与协调的过程，除了需要考虑人物具体的穿着要求外，外观式样的表现也成为需要推敲的方面。依靠具体的设计方法将设计所需的面料质感、色彩、款式、配饰等构成和谐的比例关系，为角色服饰的设计主题得以升华。

第四节 ///// 游戏角色服饰设计方法

一、游戏角色的形体设计

在游戏角色设计过程中，首先要画好人物的形体。角色形体比例尤为重要，比例是确定长度、宽度和人物特征的重要标记之一。动漫、游戏人物作为源于现实而经过美化的人物，身体比例按年龄和性别为标准分类，可分为男性、女性、儿童、少年、青年、中年、老年等。在人物设计创作中以这些基本比例为根据，在人物与人物相对的细节上，比如身高、体态等加以相应的改动，达到所需的动漫、游戏人物效果。

二、游戏角色服饰的设定

人物服饰设定就是设定游戏人物的服装和配饰，使其最大程度地体现游戏设计的构思和玩家的需要。

（一）游戏角色服饰的款式设计

游戏角色服饰款式除了要遵循游戏所提供的客观条件——即游戏所要表达的角色性别、年龄、民族角色、所处的时间和空间以外，最重要的是体现游戏的虚构性特点。

1.战斗服装

无论是哪种类型的游戏，战斗都是最常出现的游戏方式。战士的着装也因此成为游戏服饰设计的重头戏。游戏中的战士兵种也包括武士(步兵)、骑士、射手等几类。这类角色的兵种是以近身格斗为主，精通各种武器和战术技巧，具有很高的防御能力，还可以带来很大的物理伤害。

仿古战斗服最普遍穿着是铠甲。而这些盔甲的原型大多以现实中铠甲形式为基础。铠甲分轻甲、中甲、重甲。包括皮甲、环状甲、板状甲、锁子甲、鳞甲、胸甲、全身甲等。无论是东方还是西方的铠甲，不同的款式均可以反映出不同时代的特色。款式设计应结合游戏设计主题、背景，参考不同时期中西方的铠甲的款式、结构，为所创作的游

戏服饰寻找素材加工创作。比如韩国开发的《R2》中可以看到中世纪服饰的原型；《魔兽世界》中多种族士兵的服装设计灵感来自古罗马、古希腊时期的战斗服装等（图3-1）。

图3-1 韩国《R2》中的盔甲

2.魔法服装

以古代魔法神话为背景主题游戏中，魔法师类角色都是防御能力弱，生命力值低，主要以魔法术作为主要攻击方式，再远距离杀伤敌人。魔法师通常手持橡木制的手杖或者华丽的权杖般的魔杖，头戴宽边魔法尖帽将脸部深深遮掩，身穿黑色、白色、灰色长袍，麻质面料、款式宽大松散。

在东方的奇幻游戏中，关于拥有法术的人物形象和西方是有一定差异。东方具有法术拥有神奇力量的人物往往是修道之人或者是神仙、妖魔。修道之人大多仙风道骨，身穿法衣手持法器，飘然而来飘然而去，其服装结构和图样装饰往往传达出宗教意识（图3-2）。

3.未来科幻色彩服装

"未来主义"的设计理念一直在服装设计中占有一席之地。在以未来作为背景的游戏中，通常创造出一个将过去、现在、未来融合在一起的科幻世界，以浩瀚宇宙为背景描绘一个超越时空和物种的宏大世界。比如《半条命2》和《雷神之锤4》等等。此类游戏人物形象除了人类之外还包括外星人

图3-2 《魔兽世界》中法师服饰

和变异生命体。角色的服装形象以流线造型、仿生设计和机器美学相结合；色彩上以冷色调为主，代表科技的蓝色、银色和神秘的紫色、灰色应用广泛；服装的质感常常使用闪烁的金属质感和透明材质，来表现未知科技和材料。

4.现代服装

现代服装主要是概括所有以现代社会生活为背景环境，多为的音乐舞蹈、体育比赛、竞技类休闲游戏。此类游戏中的人物没有复杂的产生背景，但往往要求虚拟人物形象时尚多彩、富于变化、突出个性。角色的着装不受限制，涉及了现代生活中的所有服装形式，职业装、休闲服、礼服、运动装等等。

如《劲舞团》《超级舞者》等，这类舞蹈类游戏玩法简单，其要点在于大量不断更新的人物服装和新的伴奏音乐诱惑玩家参与。《劲舞团》令许许多多的女性玩家倾心的服饰设计特点之一在于服装款式丰富，以不同主题设计推出系列明星装、情侣装和家族装。特点之二，借鉴日本游戏人物设计方法，将服饰设计元素和当代流行时尚紧密结合，使游戏中的虚拟形象更具时代感（图3-3）。

（二）游戏角色服饰的色彩设计

色彩是最重要的视觉元素之一，对于游戏角色服饰设计而言，色彩的搭配方式也是重要环节，主要搭配方式有如下几种。

1.支配式色彩搭配

在各配色中均有共同的要素，从而创造出较

图3-3 《劲舞团》中的流行服饰

为协调的配色效果，以色彩的三个属性（色相、明度、彩度）或色调为主的配色的方法。

2.重点式色彩搭配

在某部位以某种特定的色彩为重点，其他色彩只起衬托作用。在选用色彩时，可运用色彩之间的明度、纯度、色相的相对比，以拉开色彩之间的关系，互为衬托。这种搭配方式所用色彩形状一般较小，以突出中心地位。

3.渐变式色彩搭配

色彩以渐渐变化的多种色彩配色，产生律动美感和一定的秩序美。渐变式色彩搭配采用色相渐变、明度渐变、彩度渐变。

(三)游戏角色服饰材料设计

1.游戏角色服饰材料的特殊性

游戏服装在材质的运用上有着极大的特殊性。游戏服饰面料是虚构的真实，在游戏假定中假定成为了角色的形象符号的一部分，常规的服装材料的限制在游戏中失去了意义，游戏只求所反映的服装面料与真实材料的质地和色泽相似，处理的材质视觉效果着重艺术化表现，根本不需要去考虑实际材质的成分。

2.游戏角色服装材料的选择

游戏角色服装面料是丰满角色形象的必要条件。在游戏中，通过对角色服装不同质感材料选择会产生不同的艺术效果。在游戏中，玩家是靠他的视觉感觉及生活经验对角色所穿着的服装面料进行联想、揣测和判断。人们虽然在玩游戏时无法触摸到角色身上的面料，但从视觉上玩家可以感知到面料的一些表现性能。

一般利用面料的视觉特性来表现游戏角色的个性和特点。如表现角色挺拔硬朗、帅气干练、严肃冷静、僵硬等视觉感受选用具有硬挺的面料；表现角色优雅柔和、平和安详、温暖安全、细腻浪漫、自然含蓄、舒适田园、无力脆弱等视觉感受时选用丝织物和棉织物具有柔软感的面料。表现角色自然朴素、原始粗犷、平凡简单等思想暗示时选用棉、麻、毛类的粗纺织物，表面具有凹凸不平，有立体感的面料。此外还有面料的轻重感、透明感、冷暖感、悬垂性、光泽感等，利用面料这些不同视觉表现性能中感受到游戏中各种人物的气质和个性等。

[复习参考题]

◎ 尝试以中国秦汉与唐宋朝代比较元代与清代的服饰与道具的区别，以数字插画形式来绘制以上几个朝代，中国古代将军的服饰与武器盔甲的区别，并总结和归纳中国古代服饰的演化过程，尤其是强秦盛唐所代表的汉族服饰和元朝与清朝的少数民族服饰的审美区别。

第四章　游戏原画设计

本章重点

每一款数字游戏在制作之前都需要对游戏中的角色道具和场景等进行设计，一般来说，游戏原画设计是任何数字游戏项目开展前所必须绘制的一个重要环节。通过画笔和创作手段将它们生动地展示出来，使数字游戏最初的设定变得可视化，同时也确立游戏的设计风格。

本章着重为大家介绍游戏原画的绘制方法和过程。Flash游戏是当下最为广泛的休闲游戏的风格主体，凭借着制作周期短、技资小、见效快的特点，成为目前游戏业界不可忽视的一个重要领域。我们将为大家讲解Flash游戏的策划和具体的制作流程。

学习目标

了解学习使用绘画软件SAI制作数字游戏原画的过程和方法。

了解和学习制作Flash游戏的理论和制作技巧。

建议学时

32学时。

第四章　游戏原画设计

图4-1-1

第一节 ///// 圣灵骑士二维原画设计过程

图4-1-2

这次我来给大家进行SAI的基本用法，以及圣灵骑士二维原画设计过程

Windows XP/内存1.5GB

使用软件：SAI

数位板：intuos3

我们可以说Opencanves是精简版的Painter，可以说Comic Studio是漫画版本的Photoshop，但是SAI就是SAI，这是一个非常独特的软件。

作为一款绘画软件，SAI有着精简的体积，极快的运行速度和很多不可代替的功能，这些使这款软件成为绘画的新宠。但是毕竟这是一款全新的小体积软件，有自身难以避免的缺点，这又使得它并没有在足够广泛的范围内流行起来。

初识SAI

1.首先我们来认识一下SAI的界面。

很明显，SAI并不是使用传统的Explorer界面，而是使用了自己设计的UI界面。优势是有些很人性化，有些则很不人性化……

ＳＡＩ的界面可以按照功能分为5个部分：导航区、图层区、绘图区、颜色区、工具区（图4-1-3）。

图4-1-3

2.界面的安置可以在"窗口"的下拉菜单中选择布局，自己可以尝试。这是ＳＡＩ的界面中为数不多的可以自定义的内容。如果想要隐藏所有的界面只剩下画布，和Photoshop一样，按下Tab键即可（图4-1-4）。

3.ＳＡＩ独有的一个优势是可以高效地、自由地旋转画布视角。具体选项如图。平时可以ＡＬＴ+空

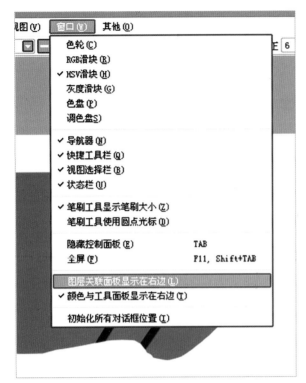

图4-1-4

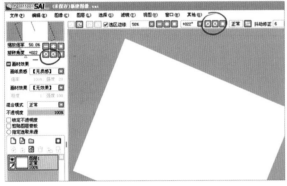

图4-1-5

图4-1-6

格+光标运动，就可以实现任意旋转画布视角（图4-1-5）。

4.SAI没有历史记录面板，但是可以通过画布左上角的箭头控制回撤和恢复，快捷键是Ctrl+Z和Ctrl+Y。SAI默认记录的历史步骤容量大约是100M。

图层区和Photoshop类似，你可以看到8种效果截然不同的混合方式，已经足够用了（图4-1-6）。

5.再看看颜色区，一共有6种功能盘：色轮、RGB滑块、HSV滑块、渐变滑块、色板和调色盘。上面的小按钮选择功能盘的开闭（图4-1-7）。

6.最后看下工具区。一目了然，可以自定义的工具共有10种，在工具区点击右键可以看见（图4-1-8）。

7.这里简单说一下笔类的工具。铅笔、笔、水彩笔、喷枪、马克笔这几种笔是一类，它们每个都可以载入笔刷的形状和纹理，而它们之间的区别就是选项的多少，其中以水彩笔的选项最多（图4-1-9）。

8.另外还有一种2值笔，也就是类似Photoshop中的铅笔工具，是完全锐化成100%不透明度像素的笔工具，不能载入纹理，相关的选项也非常少（图4-1-10）。

OK，有了些基本认识，可以开始作画了。

【文件】→【新画板】打开500×650的画板（图4-1-11）。

新建图层

使用画笔工具，采用单色勾勒大型。为了看平衡度也需要重复缩小动作来进行绘画。

如果你认为在角度上很难牵线条就使用【左右反转】或者【画板回转】吧。

一次性就牵出自己理想的线条是不常有的事。

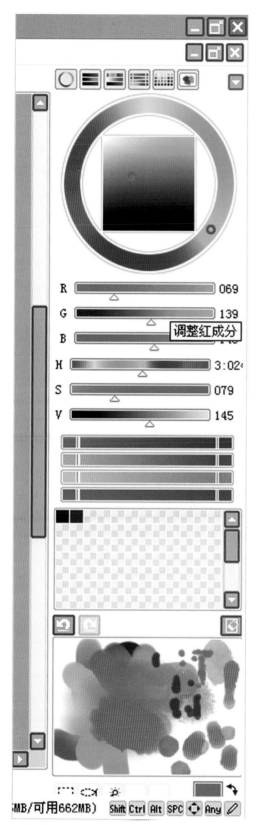

图4-1-7

图4-1-8

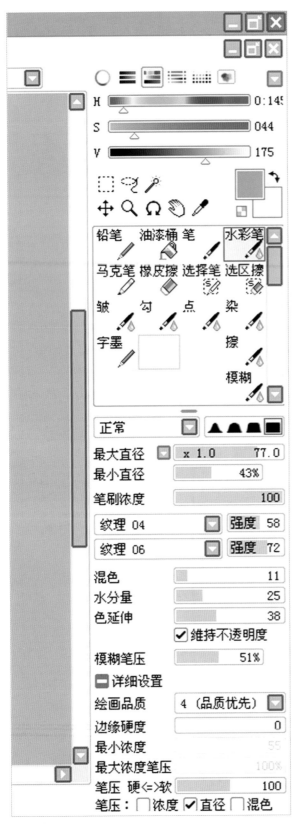

图4-1-9

图4-1-10

图4-1-11

　　为此就需要按下Ctrl+Z（返回上一步）重画
到自己满意。这个程序虽然很花精力，但白描对完
成度会有很大影响。所以请尽量不要放水，也就是
说需要耐心。利用画笔工具的特性（带有渐变的笔
触），结合吸管工具明确明暗节奏（图4-1-12）。

　　新建图层，将笔的尺寸调大，铺上大概的固有
色，设定好光的方向逐渐增加细节（图4-1-13）。

　　使用Ctrl+T对画面做出调整（图4-1-14）。

　　新建图层调整图层模式，选择"正片叠底"勾
勒整体颜色。根据造型本身细化颜色的变化，强化
形体。加强明暗对比（图4-1-15）。

　　新建图层添加背景导入一张有魔兽的图片，放
在最下层。拉一个线性渐变，调节渐变色，下深上
浅。再加一个液化效果，随意涂抹，然后加模糊。

　　新建一图层，在最上层用画笔工具在骑士身上
加一些环境色。Ctrl|S保存，选择jpg格式，修改义
件名，完成。

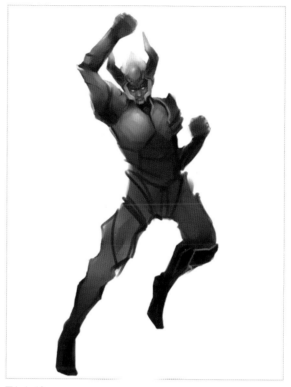

图4-1-13

图4-1-14

图4-1-12

图4-1-15

第二节 //// Flash游戏设计

Flash互动游戏的前期准备及制作流程

当学习者决定想制作的游戏类型之后，接下来是不是就要制作游戏了呢？答案是NO！这里为什么说不可以呢，因为如果在我们开始制作一个游戏前没有很好的计划及谨慎的制作流程的话，我们一定会在制作过程中出现一些问题，浪费时间和精力。所以完善的前期计划和制作游戏的流程规划是十分重要的。

其实制作一款Flash互动游戏的前期准备和流程规划并不是十分困难，简单来说就是在制作游戏的前期要想好在游戏中会出现的所有可能，例如：在RPG游戏中，游戏人物在游戏里面的一切可能发生的游戏情节等，并对这些可能发生的情况进行相应的处理，那么有了这些规划之后呢，使我们更便于进行后续的工作。

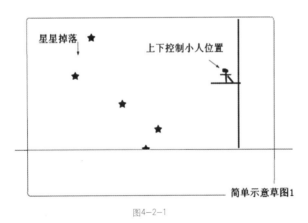

图4-2-1

上图表现了游戏"星星大战"的前期游戏流程图，由上面的简单的设计草图我们就可以清楚地了解需要制作的内容以及可能发生的情况。在游戏中，我们的最终目的就是要在规定的时间内射击掉相对应的星星，而玩家可以通过键盘的按键控制使游戏人物进行移动。这样呢，简单的一个游戏流程图就完成了，有了它之后呢，我们就可以使接下来

的制作更加顺利。

游戏流程的草图完成之后呢，我们就要着手准备制作游戏的素材了，这里面的游戏素材，包括游戏需要的图片、文字、声音等，一切可能在游戏里面出现的任何的元素。当然，一个优秀的Flash游戏不光要拥有独特的游戏性，更需要丰富漂亮的游戏界面的支持，所以在具体制作游戏之前，我们要把游戏所需素材尽可能地准备好。

那么怎样才能让我们把素材部分完成得更好？怎样才能继续下面的制作工作呢？这里呢就简单地提供给大家一些方法和技巧作为参考。

1.根据Flash完成素材的制作，通过Flash软件绘制完成游戏中最基本的游戏素材。但是由于Flash软件本身只能绘制矢量图，不能达到一些更高图片要求，这个时候呢就需要我们使用其他的一些软件来辅助素材的制作。

2.游戏素材收集也可以在网络资源收集里实

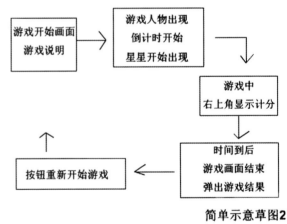

图4-2-2

现。现在网络十分发达，大量的信息图片都可以在网络上面搜索到，这就便于我们可以在互联网上找到我们中意的一些素材，来完成游戏的前期准备。

3.音乐/音效方面的素材收集。这一方面的收集途径可以根据我们平时听到的各种音乐，例如：流行歌曲、轻音乐及一些电影剧集或者游戏中的插曲和配乐来完成收集，甚至可以是某一剧集里的人物

对白，都可以成为我们制作互动游戏的音乐/音效素材。如果游戏制作者有原创音乐基础的话，素材也是可以创作的。

4．我们完成了一些基本的素材收集之后，就要开始游戏的制作了，在这之前呢，建议大家规划好制作的时间，以便更好地完成制作。当然我们也可以在制作的过程中，多多学习别人的成功作品，发现自己不足之处，达到学习和提升技术水平的目的。

Flash互动游戏制作

有了上面的一些关于Flash制作游戏的方法和技巧呢，下面呢，我们就来制作一款简单的Flash互动小游戏。

游戏名称：《超级教室》

游戏说明：这个游戏是在规定时间内以玩家打击游戏中的三个小人为目标而进行计分的休闲类的小游戏。玩家通过鼠标的控制，可以移动位置，用小锤子击打游戏中的小人，游戏中的小人会根据玩家命中率加快出现的速度。

制作步骤：

首先新建Flash文档，舞台大小设置680×550像素，颜色黑色，设置帧频为30帧/秒，保存文档为"超级教室"（图4-2-3）。

1．声音素材

这个游戏里用到了5种声音，一个是用于游戏背景音乐，一个是用于在游戏中锤子击打的声效，另一个作为击打失误的声效及击打游戏小人的发出的叫声，最后是鼠标划过按钮的声效。收集好这5个声音素材后，把它们导入库面板中。

2．素材准备

元件素材

（1）在这个游戏中用到了两个图形元件，一个是开始的游戏背景元件，一个是游戏过程中的背景元件。新建"背景"图形元件，作为游戏的游戏中需要的背景文件。新建一个图形元件"游戏名字"，在图层中创建"超级教室"文字，作为游戏名称。新建一个图形元件"游戏结束"，在图层中创建"Game Over"文字，作为游戏结束的显示（图4-2-4、图4-2-5）。

图4-2-3

图4-2-4

图4-2-5

（2）新建"开始游戏背景"图形文件，在这元件里以背景图形移动的动画效果作为游戏背景（图4-2-6）。

（3）制作一个开始的按钮，用于游戏的开始。新建"开始"按钮元件，然后在"弹起"帧绘制一

图4-2-6

个"开始"的字样图形，同时新建一层上面绘制一盒"箭头符号"装饰"开始"的字样（图4-2-7）。

（4）制作一个"小手"影片剪辑元件，用于在游戏中替换鼠标效果（图4-2-8）。

（5）制作一个"遮挡"的按钮，用于鼠标划过游戏小人的动画（图4-2-9）。

（6）制作一个"时间条"影片剪辑元件，用于记录剩余的游戏时间。同时在里面添加"分数框""文字"图层，制作游戏分数显示框及说明文字（图4-2-10）。

图4-2-7

图4-2-10

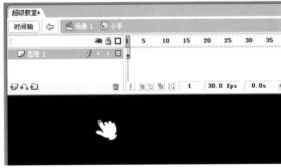

图4-2-8

图4-2-11

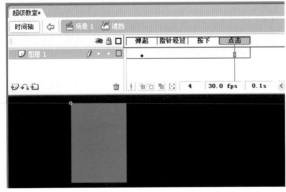

图4-2-9

图4-2-12

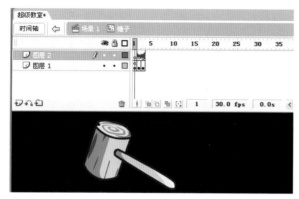

图4-2-13

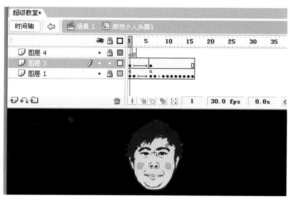

图4-2-14

图4-2-15

```
1 ranchar = random(5);
2 if (ranchar == 0) {
3     this.gotoAndPlay("rw");
4 } else if (ranchar == 1) {
5     this.gotoAndPlay("rw2");
6 }
7 else if (ranchar == 2) {
8     this.gotoAndPlay("rw3");
9 }
```

图4-2-16

（7）制作一个"再玩一次"按钮，用于游戏结束后重新开始游戏，并添加音效。制作一个"游戏评价"图形元件，包含着文字说明，显示游戏成绩及游戏评语（图4-2-11、图4-2-12）。

（8）新建一个"小锤子"影片剪辑元件。在这个游戏里需要一个小锤子来击打游戏中的小人。在"声音"图层里添加锤子击打的声效，并在第1帧加入代码"stop();"脚本（图4-2-13）。

（9）新建一个"游戏小人头部1"的影片剪辑元件，在这个元件里需要在"头部1"层的第1帧到第16帧之间制作一段动画，在其第1帧和第6帧加上"stop();"脚本。在"按钮"图层放上"遮挡"的按钮要求与"头部1"的动画重合。在"声音"图层里添加鼠标划过按钮的声效。用同样的方法，制作出"游戏小人头部2"、"游戏小人头部2"两个影片剪辑元件（图4-2-14）。

（10）新建一个"游戏小人动画1"影片剪辑元件，在图层"小人动画1"里制作两个人物表情，第1帧为游戏小人1出现的样子，第2帧为游戏小人1被锤子砸到的表情。在第1帧上面添加代码"stop();"。用同样的方法，制作出"游戏小人动画2""游戏小人动画3"两个影片剪辑元件（图4-2-15）。

3.开始制作游戏部分

（1）制作"出现游戏小人"的影片剪辑元件。新建"游戏人物出现"图层在第3帧和第34帧之间使用影片剪辑"游戏小人动画1"制作动画。第35帧和第64帧之间使用影片剪辑"游戏小人动画2"制作动画。第65帧和第94帧之间使用影片剪辑"游戏小人动画3"制作动画。然后在"游戏人物出现"图层上面添加一个"遮罩层"，在这个图层上第一帧添加游戏背景作为遮罩。新建一个"按钮"图层，分别在第12帧、第43帧、第73帧插入"隐形按钮"和第23帧、第53帧、第84帧插入空白关键帧。接下来新建一个"帧标记"图层，在第3帧、第35帧、第65帧分别添加帧标记"rw""rw2""rw3"。最后一步添加脚本层"AS"在第1帧的位置上添加代码"stop();"。在第2帧的位置上添加如下代码（图4-2-16）：

```
▼动作 - 帧
⏷ 🔍 ⊕ ✔ ☰ ⊡ ⅏
1 this._visible=0;
2 this.rw.gotoAndStop(1);
3 this.gotoAndStop(1);
4
as : 30
第2行(共4行),第8列
```
图4-2-17

```
▼动作 - 帧
⏷ 🔍 ⊕ ✔ ☰ ⊡ ⅏
1 this._visible=0;
2 this.rw2.gotoAndStop(1);
3 this.gotoAndStop(1);
4
as : 60
第2行(共4行),第8列
```
图4-2-18

```
▼动作 - 帧
⏷ 🔍 ⊕ ✔ ☰ ⊡ ⅏
1 this._visible=0;
2 this.rw3.gotoAndStop(1);
3 this.gotoAndStop(1);
4
as : 112
第2行(共4行),第8列
```
图4-2-19

图4-2-20

```
ranchar = random(5);
if (ranchar == 0) {
    this.gotoAndPlay("rw");
} else if (ranchar == 1) {
    this.gotoAndPlay("rw2");
}
else if (ranchar == 2) {
    this.gotoAndPlay("rw3");
}
```

在时间轴的第30帧加入新的代码（图4-2-17）：

this._visible=0；

this.rw.gotoAndStop(1);

this.gotoAndStop(1);

在时间轴的第60帧上加入代码（图4-2-18）：

this._visible=0；

this.rw2.gotoAndStop(1);

this.gotoAndStop(1);

最后在第90帧上添加如下代码（图4-2-19）：

this._visible=0；

this.rw3.gotoAndStop(1);

this.gotoAndStop(1);

到这里"出现游戏小人"影片剪辑元件就完成了。

（2）返回到舞台，开始制作实现游戏的部分。首先创建图层"游戏背景"图层，在第2帧上把做好的素材"背景"的影片剪辑拖入舞台合适的位置上，并在时间轴第33帧的位置插入帧。然后创建图层"背景"，从库面板中将之前完成的"开始游戏背景"素材的部分拖入舞台合适的位置上，并在第2帧和第31帧插入关键帧制作一个渐变的动画，使开始游戏的背景到第31帧的时候完全隐藏。

（3）新建一层"开始"图层，在第1帧的位置上插入帧，把素材"开始"按钮放入到舞台中。选中"开始"按钮鼠标右键打开动作面板，添加代码

on(press){
    gotoAndPlay(2);
}。

（4）继续新建图层"抖动"图层，在第1帧的

图4-2-21

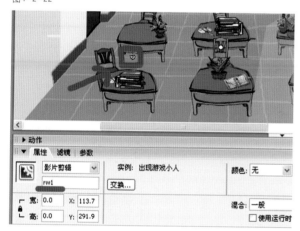

图4-2-22

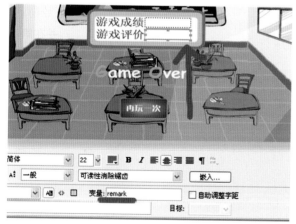

图4-2-23

图4-2-24

位置上插入帧，分别把素材"游戏小人头部1"，"游戏小人头部2"，"游戏小人头部3"，"小锤子"放入到舞台的合适位置上，并在"游戏小人头部1"，"游戏小人头部2"，"游戏小人头部3"影片剪辑底下运用文字工具分别输入计分说明"打中+150""打中+100""打中-200"。新建一层"游戏名字"图层，把"游戏名字"元件放入到舞台中上部（图4-2-20）。

（5）新建一个"倒计时"图层，在第2帧的位置上插入帧，把素材"倒计时"影片剪辑元件拖入到舞台中央。并在第32帧位置上添加代码：gotoAndPlay(32)；（图4-2-21）。

（6）新建一个"动态文本"图层，在时间轴上第32帧的位置上，拖入素材"时间条"影片剪辑放在舞台右上角，选中"时间条"影片剪辑在其属性面板里把实例名称修改为"timebar"。接下来运用动态文本工具把分数显示框绘制出，并在属性面板里变量一栏输入命名 "score"（图4-2-22）。

（7）新建图层"001"，"002"，"003"，"004"，"005"，"006"，在每一个图层上面第32帧的位子上，分别拖入影片剪辑"出现游戏小人"元件， 放在背景中适合出现游戏小人的位置上。并依次给每一个影片剪辑上，输入实例名称："rw1""rw2"，"rw3"，"rw4"，"rw5"，"rw6"（图4-2-23）。

（8）新建图层"游戏结束"，在时间轴上第33帧的位子上插入帧，拖入素材"游戏评价"图形元件，运用动态文本工具把游戏成绩和游戏评语显示框绘制出，并在属性面板里变量一栏分别输入命名"score""remark"。然后继续拖入素材"游戏结束"图形元件。最后拖入按钮元件"再玩一次"按钮，选中按钮鼠标右键打开动作面板添加代码（图4-2-24）：

```
on (press) {
    gotoAndPlay(2);
}
```

（9）新建一层"mouse"图层，在第一帧插入帧，拖入素材"小手"影片剪辑元件放在舞台任意位置。在时间轴上第2帧插入空白关键帧，

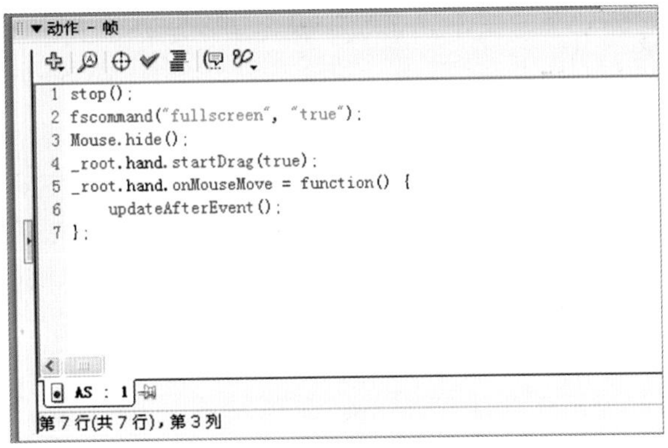

图4-2-25

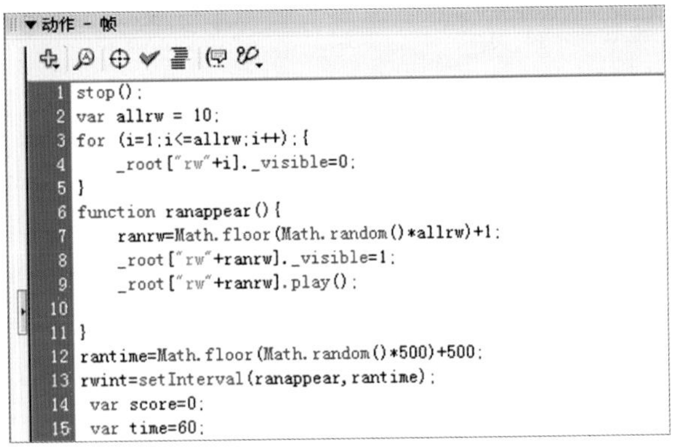

图4-2-26

并在属性面板里输入实例名称"hand"。在第32帧的位子上，拖入影片剪辑元件"小锤子"放在舞台任意位置上，并在属性面板里输入实例名称"hammer"。在第33帧的位子上从新加入"小手"影片剪辑元件放在舞台任意位置，在属性中实例依然命名为"hand"。

（10）新建一层"as"图层，在时间轴上第1帧上插入帧，鼠标右键打开动作面板添加代码（图4-2-25）：

```
stop();
fscommand（"fullscreen"，"true"）；
Mouse.hide();
_root.hand.startDrag(true);
_root.hand.onMouseMove = function() {
    updateAfterEvent();
};
```

在第32帧上插入关键帧，鼠标右键打开动作面板添加代码（图4-2-26、图4-2-27）：

```
stop();
var allrw = 10；
for (i=1;i<=allrw;i++);{
    _root["rw"+i]._visible=0;
}
function ranappear(){
    ranrw=Math.floor(Math.random()*allrw)+1;
    _root["rw"+ranrw]._visible=1;
    _root["rw"+ranrw].play();
```

```
}
rantime=Math.floor(Math.random()*500)+500;
rwint=setInterval(ranappear,rantime);
var score=0;
var time=60;
function timecount() {
    time=time-1;
}
timeint=setInterval(timecount,1000);
_root.timebar.onEnterFrame=function(){
    _root.timebar.bar._width=time*3;
    if (time<=0) {
        clearInterval(_root.timeint);
        clearInterval(_root.rwint);
        _root.gotoAndStop(33);
    }
};
Mouse.hide();
_root.hammer.startDrag(1);
_root.hammer.onMouseMove=function(){
    updateAfterEvent();
};
```

在第33帧上插入关键帧，鼠标右键打开动作面板添加代码（图4-2-28）：

```
_root.stop();
```

```
16  function timecount() {
17      time=time-1;
18  }
19  timeint=setInterval(timecount,1000);
20  _root.timebar.onEnterFrame=function(){
21      _root.timebar.bar._width=time*3;
22      if (time<=0) {
23          clearInterval(_root.timeint);
24          clearInterval(_root.rwint);
25          _root.gotoAndStop(33);
26      }
27  };
28  Mouse.hide();
29  _root.hammer.startDrag(1);
30  _root.hammer.onMouseMove=function(){
31      updateAfterEvent();
32  };
```

图4-2-27

```
if (_root.score>=5200 ) {
    _root.remark = "你太牛啦！";
}else if (_root.score>=4000 && _root.score<5200) {
    _root.remark = "你练过的吧！";
}else if (_root.score>=3000 && _root.score<4000) {
    _root.remark = "厉害啊！";
} else if (_root.score>=2000 && _root.score<3000) {
    _root.remark = "不错哟！";
} else if (_root.score>=1500 && _root.score<2000) {
    _root.remark = "可以啊~";
} else if (_root.score>-400 && _root.score<1500) {
    _root.remark = "加油啊！";
} else if (_root.score<=-400) {
```

```
1  _root.stop()；
2  if (_root.score>=5200 ) {
3      _root.remark = "牛X啦！";
4  }else if (_root.score>=4000 && _root.score<5200) {
5      _root.remark = "你练过的吧！";
6  }else if (_root.score>=3000 && _root.score<4000) {
7      _root.remark = "厉害啊！";
8  } else if (_root.score>=2000 && _root.score<3000) {
9      _root.remark = "不错哟！";
10 } else if (_root.score>=1500 && _root.score<2000) {
11     _root.remark = "可以啊！";
12 } else if (_root.score>-400 && _root.score<1500) {
13     _root.remark = "加油啊！";
14 } else if (_root.score<=-400) {
15     _root.remark = "笨~！";
16 }
17 _root.hand.startDrag(true);
18 _root.hand.onMouseMove = function() {
19     updateAfterEvent();
20 };
```

图4-2-28

```
    _root.remark = "笨~！~";
}
_root.hand.startDrag(true);
_root.hand.onMouseMove = function() {
    updateAfterEvent();
};
```

代码输入完毕后，Ctrl+Enter测试游戏。

到这里呢，整个"超级教室"游戏的制作过程就完成了，在整个过程中，介绍了游戏的玩法并准备了整个游戏需要的素材以及利用动作面板添加游戏代码来实现游戏效果。大家可以通过这一个简单Flash互动游戏的制作来设计更多同一类型的小游戏。

[复习参考题]

◎　尝试上述方法绘制一名穿着铠甲的欧洲中世纪武士，并尝试分层绘制。要求：不少于6个图层，并尝试使用不同的笔刷画出不同的笔触，注意细节刻画及铠甲质感的表现。

◎　通过上述介绍你现在就可以尝试制作一个小游戏了，如猫捉老鼠。要求：Flash元件里以背景图形移动的动画效果作为游戏背景，并创建"Game Over"文字作为游戏结束的显示。

第五章 三维游戏角色制作

本章重点》

放眼当下数字游戏产业，无论从可玩性还是观赏性来看，数字三维游戏占的比重可以说是最大的，那么数字三维游戏是怎么制作的？需要注意些什么？本章我们将为大家介绍在数字三维游戏角色设计中需要注意的事项以及如何绘制三维游戏角色设定。

学习目标》

了解三维游戏角色的设计和三维游戏角色设定的绘制技巧。

建议学时》

24学时。

第五章　三维游戏角色制作

第一节 ///// 三维游戏制作综述

提起三维游戏大家都会想到好多自己喜爱的作品，从小时候的仙剑奇侠传到现在极品飞车系列，都具有无与伦比的诱惑力，相信大家都是从小就喜爱着三维游戏。说到这里自然要介绍一下什么是三维游戏。

三维游戏的意思是，物体的位置由三个坐标决定的。客观存在的现实空间就是三维空间，具有长、宽、高三种度量。三维游戏(3D游戏)是相对于二维游戏(2D游戏)而言的，因其采用了立体空间的概念，所以更显真实，而且对空间操作的随意性也较强。也更容易吸引人（图5-1-1、图5-1-2）。

构思创意和绘制原画

要制作出好的作品，创意非常关键，把模型比喻成人，那么创意就是人的心脏，如果心脏不好，即使再强壮的人也是不行的。那么怎样去表现好的创意呢？原画自然而然地接受了这个任务，把自己的想法用纸张或绘画版描绘出来，是不是突然发现

自己有种大师的风采呢（图5-1-3）。

提起造型，其意思就是塑造物体的特有形象。也就是将角色依据其形象表现性格的过程。同理，三维造型设计就是利用角色的设计将角色表现得淋漓尽致。

三维游戏的造型设计本质来说与二维创作大同小异，只不过是我们从传统的二维当中摆脱出来，更改为另外一种表现方式。

三维游戏有着二维无可比拟的震撼力和真实性。在设计三维游戏的造型时，有几点要遵循的原则：

1.用形象表现角色的个性（形象包括角色的穿着、面部等特征）。

2.富有时代特征（角色的造型要体现出游戏的时代背景）。

3.适合大众化（不同国家、地区，相同的游戏，在角色造型等方面会略有更改，使其更适合不同地区的风土人情）。

图5-1-1

图5-1-2

图5-1-3

第二节 ///// 三维角色模型原画设计

挖掘机变形金刚三维制作前的二维原画设定步骤：

（软件：Photoshop 笔刷 Blur's good brush 4.5）

1.首先前期准备工作，收集挖掘机各个角度照片作为借鉴（图5-2-1）。

根据挖掘机现实中的造型加以修饰夸张设计出变形前的挖掘机造型。

2.在photoshopzhong新建文件A4大小，300dpi（图5-2-2）。

3.用裁剪工具调整纸张大小，适合挖掘机的构图（图5-2-3）。

4.填充图像背景色（尽力以灰色调填充）（图5-2-4）。

图5-2-1

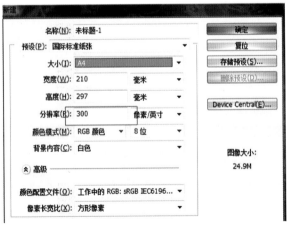

图5-2-2

5.勾出挖掘机线稿，机械的线稿尽量利用直线工具（图5-2-5）。

注意选择直线工具的路径模式（描边路径——画笔描边）（图5-2-6）。

图5-2-3

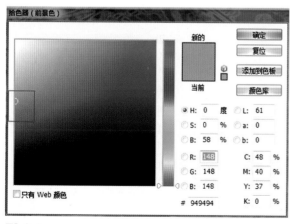

图5-2-4

图5-2-5

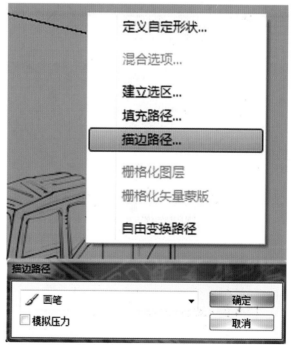

图5-2-6

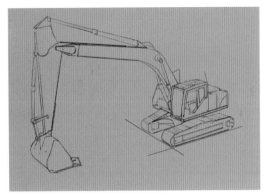

图5-2-7

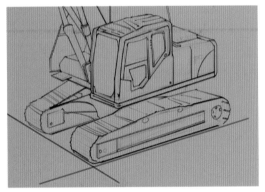

图5-2-8

图5-2-9

6.线稿（图5-2-7）。

线稿注意透视以及前后之间线条粗细的变化（图5-2-8）。

7.上色（颜色层叠于线稿层之下）（图5-2-9）。

颜色选择黄色与黑色配色（图5-2-10）。

简单地定一个光源，注意颜色的对比度和饱和度，黄色鲜明一些。

线稿完成。

8.变形金刚设计：

线稿笔刷（图5-2-11）；

上色笔刷（图5-2-12）；

前期准备（图5-2-13）。

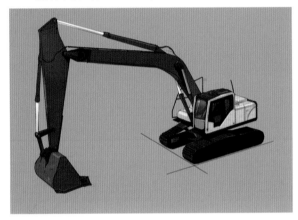

图5-2-10

高光笔	霓虹灯（滤色/颜色减淡）
辉光笔（滤色/颜色减淡）	光线风暴（滤色/颜色减淡）
☆☆ Traditional painting ☆☆☆☆☆☆☆☆	射线-1（shift）（滤色/颜色减淡）
绘图铅笔-1（正片叠底）	射线-2（滤色/颜色减淡）
绘图铅笔-2（正片叠底）	射线-3（滤色/颜色减淡）
铜笔-1	极光-1（滤色/颜色减淡）
铜笔-2	极光-2（滤色/颜色减淡）
绘图风格笔-1	简点
绘图风格笔-2	雪花
绘图风格笔-3	星系（滤色/颜色减淡）
绘图风格笔-4	刀光剑影-1（滤色）
干水彩笔-1（正片叠底）	刀光剑影-2（滤色）

图5-2-11

☆☆ Drawing & painting ☆☆☆☆☆☆☆☆	火焰-4（滤色/颜色减淡）
good圆笔-1	火焰（滤色/颜色减淡）
good圆笔-2	水花溅起-1
good圆笔-3	水花溅起-2
good圆笔-4	水花溅起-3
good圆笔-5	水花溅起-4
good圆笔-6	水花溅起-5
good圆笔-7	溅水-1
good圆笔-8	溅水-2
good圆笔-9	浮尘

图5-2-12

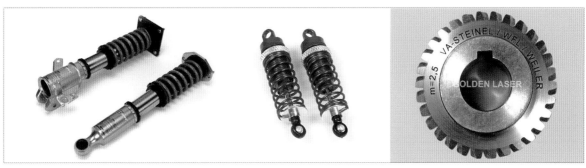

图5-2-13

9.根据挖掘机的形态设计变形金刚的外形，尽量贴近挖掘机的外部形态（图5-2-14）。

力量型的变形金刚头部比例要小一些，甲片的设定尽量厚重体现力量感，注意各个关节处的转动装置设计，使后期动作调试可以顺利进行。脚部的履带设计厚重一些，使脚部可以承受全身的重量（图5-2-15）。

10.经过细节调整完成变形金刚部分的设定（图5-2-16）。

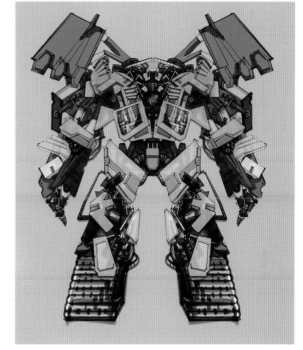

图5-2-16

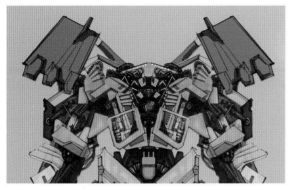

图5-2-14

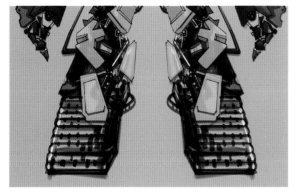

图5-2-15

[复习参考题]

◎ 绘制一个数字游戏角色：一个穿皮衣、戴皮帽，肩扛猎枪的老猎人。要求：要详细刻画老猎人的面部表情、体态、服装及配饰，包括武器与道具袋了。

第六章 制作字体变形动画

本章重点

在本章中我们开始涉及数字艺术中三维动画的制作，重点学习利用三维动画软件制作字体变形的动画以及动画制作过程中的一些注意事项。

学习目标

学习字体变形动画的制作。

建议学时

16学时。

第六章　制作字体变形动画

字体变形我们在很多影片中都可以看到，例如变形金刚中，我们看到他的字体变形是很有冲击力和震撼力的，变形动画追求着一种更酷、更炫的效果，制作中要抓住这样的感觉，让画面表现得更为张扬，赋予其更多的震撼力。下面我们就来学习这种字体变形的做法。

一、字体的模型制作

首先我们使用Text工具在Front视图中建立"数字娱乐"几个中文字体，如图6-1所示。

图6-1

为字体加入Bevel修改器，设计其参数，如图6-2所示。

图6-2

单击鼠标右键选择可编辑多边形，如图6-3所示。

选择Cut按钮，把目标字体拆分，我们在这里可以根据自己的喜好布线，拆分程度不宜过碎。如图6-4所示。

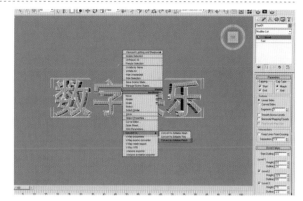

图6-3

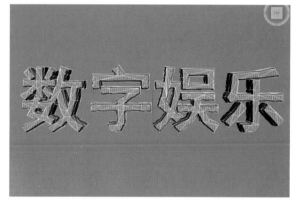

图6-4

沿着布线边缘选择面层级，单击 Modify修改面板中的Detach分离按钮，如图6-5所示。依此类推，把"数字娱乐"文字按照自己的造型感觉进行分离处理。

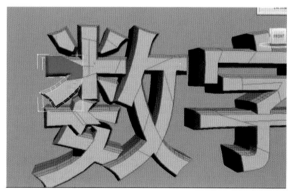

图6-5

分离好的每一个模型的轴向都是原始文字模型的轴向，这时需要把每个模型的轴向调整为自身中心轴，如图6-6所示。

图6-6

这样我们文字拆分这部分就做好了，这章我们学的是字体变形，所以我们就要让它变起来，这里我们要把"数字娱乐"打散飞出镜头再飞进镜头变形成"NEW MEDIA"，然后再由"NEW MEDIA"变形成一个标志物体。

用同样的方法，我们再制作出"NEW MEDIA"这几个英文字母，制作效果如图6-7所示。

图6-7

下面我们开始制作标志物体，首先建立一个Box，参数如图6-8所示。

点击右键塌陷为可编辑多边形，选择物体的边给物体添加一条线，如图6-9所示。

选择面级别，给物体添加一个挤出命令Exture，并调节物体的形状，如图6-10所示。

选择物体的面并按住Shift键复制出，如图6-11所示。

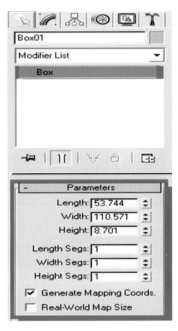

图6-8

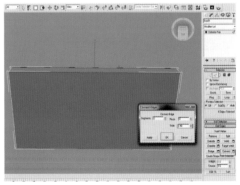

图6-9

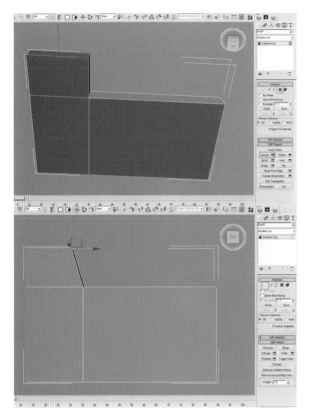

图6-10

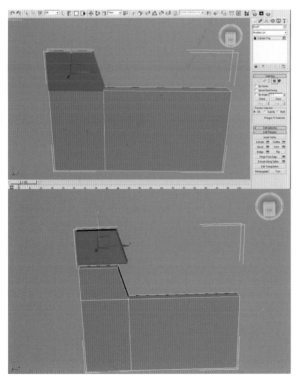

图6-11

下面我们需要把刚复制出来的这个物体旋转一下，右键单击 ↻ 其参数如图6-12所示。

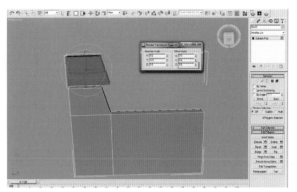

图6-12

这时我们看到上面的面是空的，所以我们要把它给封上，单击Cap为其封面。如图6-13所示。

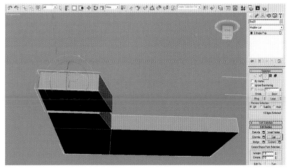

图6-13

调整其形状并配合 ↻ 调整成图6-14所示的样子。

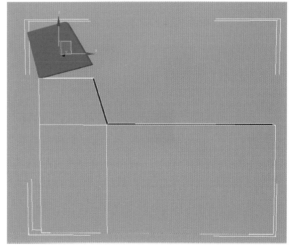

图6-14

下面我们再用Box建立一个长方体模型并调整其形状，如图6-15所示。

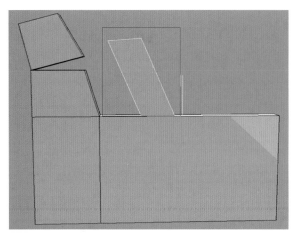

图6-15

依此类推，再建立其他几个模型，并调整其形状，如图6-16所示。

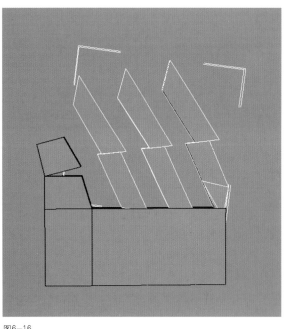

图6-16

下面我们给模型加倒角，如图6-17所示。

我们用布尔运算为模型制作两个孔，如图6-18所示，点击紫色的圆柱。

背面看不到的面我们可以删掉，这样可以为后

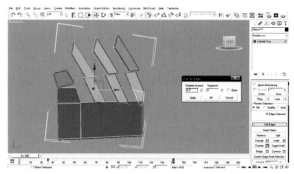

图6-17

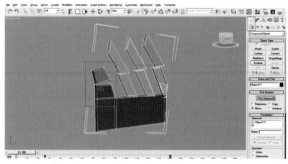

图6-18

面的渲染节省资源，我们可以在标志上写几个字，这样显得不单调，如图6-19所示。

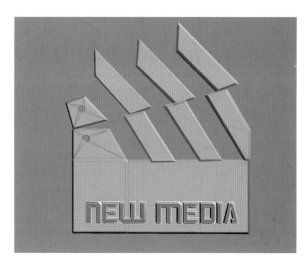

图6-19

二、动画效果制作

模型准备阶段我们已经完成，接下来开始调试动画。

选择"数字娱乐"文字模型，单击软件界面右

下方的Auto Key自动关键帧按钮，如图6-20所示。在第"0"帧自动记录关键帧信息。

图6-20

选择"NEW MEDIA"英文字母，拖到第26帧，点击右键修改其透明度为"0.0"，记录移动位置关键帧。如图6-21所示。

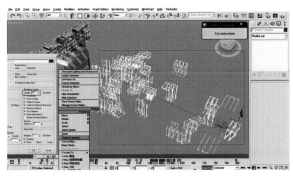

图6-21

在第40帧的时候我们选择几个物体向"数字娱乐"文字的方向开始移动，文字的分裂形状我们可以根据自己的喜好拆分，也可以让其中几个旋转一下，画面更丰富一些。要注意的是随着物体的运动我们要适时调整它的透明度。我们用其中一个举例，如图6-22所示。我们选择的物体在第40帧的时候透明度为0，在第41帧的时候为1，这里我们可以自己感觉着调整。

选择"数字娱乐"在第26帧开始分裂，我们开始先选择几个物体飞出，使其更有节奏感，中间为过渡阶段，如图6-23所示。

这里要注意的是"数字娱乐"和"NEW MEDIA"是相对着分裂飞出的，即前者飞出镜头，

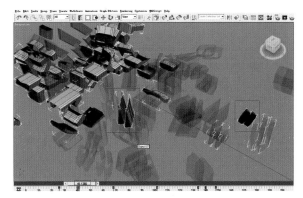

图6-22

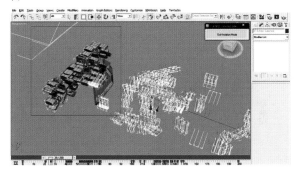

图6-23

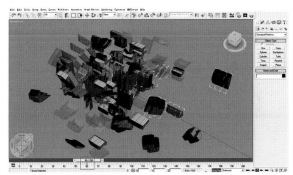

图6-24

后者飞进镜头，并在第60帧左右的时候相交在一起，如图6-24所示。

随着"数字娱乐"飞出镜头我们要随即调节它的透明度，例如我们选中的物体，在第72帧时的透明度为1，第73帧时为0。如图6-25所示。当"NEW MEDIA"合并成整体时，我们可以让几个物体逐步消失即透明度为0。

在第102帧的时候"NEW MEDIA"合并成整体，"数字娱乐"完全消失，点击第102帧，按住Shift键复制到第112帧，让其停留几帧，如图6-26所示。

图6-25

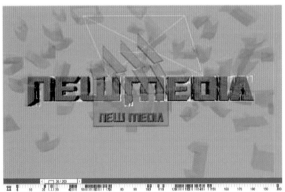

图6-26

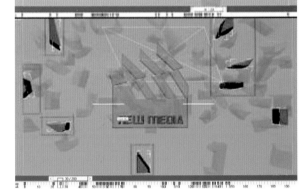

图6-27

接下来我们要把"NEW MEDIA"再次分裂并飞出镜头，标志物体出现。按照我们刚才的方法制作，如图6-27所示。

下面我们开始调节标志物体的透明度，选中标志物体，拖到第26帧，设置其透明度为0，第140帧透明度也为0，在第141帧透明度为1，这样当"数字娱乐"和"NEW MEDIA"在开

始分裂飞出时标志物体就为透明的了，在渲染的时候就不会显示出来，当在第141帧"NEW MEDIA"飞出镜头的瞬间标志物体出现，如图6-28所示。

最后"NEW MEDIA"飞出镜头，这里我们可以留有几个物体显示出来，这样画面显得比较充实、生动，如图6-29所示。

三、材质灯光制作

下面我们开始制作文字和图标的材质与灯光，材质的好坏直接影响着最终成片的质量，因此我们需要多花些时间进行材质的制作。

首先我们创建一个摄像机，选择创建－Cameras－Target创建摄像机。也可以按键盘上的Ctrl+C键进行创建，如图6-30所示。

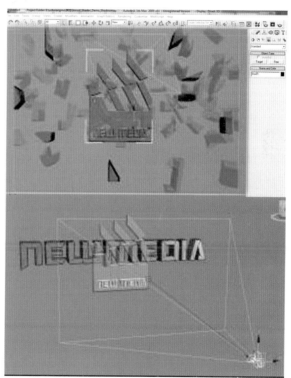

图6-30

VRay渲染器在当今的渲染器中性能非常强悍，虽然算不上是最好的渲染器，但却是最大众化的渲染器。这里的材质制作我们选择用VRay制作。

首先创建VR灯光，在顶视图选择创建Lights,在修改器列表选择VRay，点击VRay灯光。在视图内拉动。然后再创建一盏灯光放到摄像机的后方，作为主光。如图6-31所示。

按F10键，设置VRay参数，在Common下选择Assign Renderer。在Production下选择VRay渲染器，如图6-32所示。

参数设计如图6-33所示。

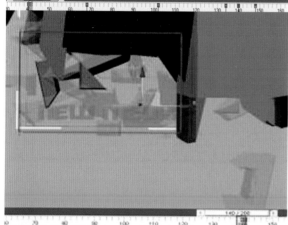

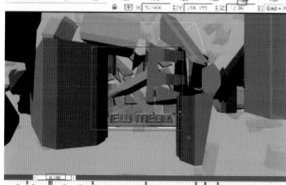

图6-28

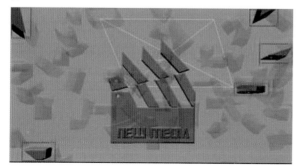

图6-29

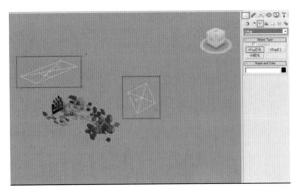

图6-31

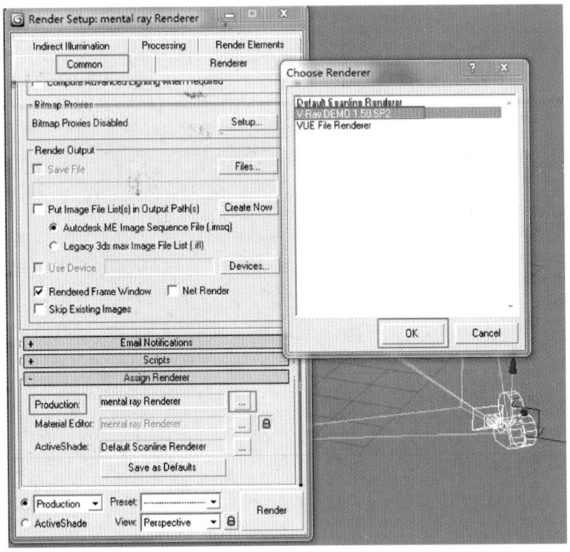

图6-32

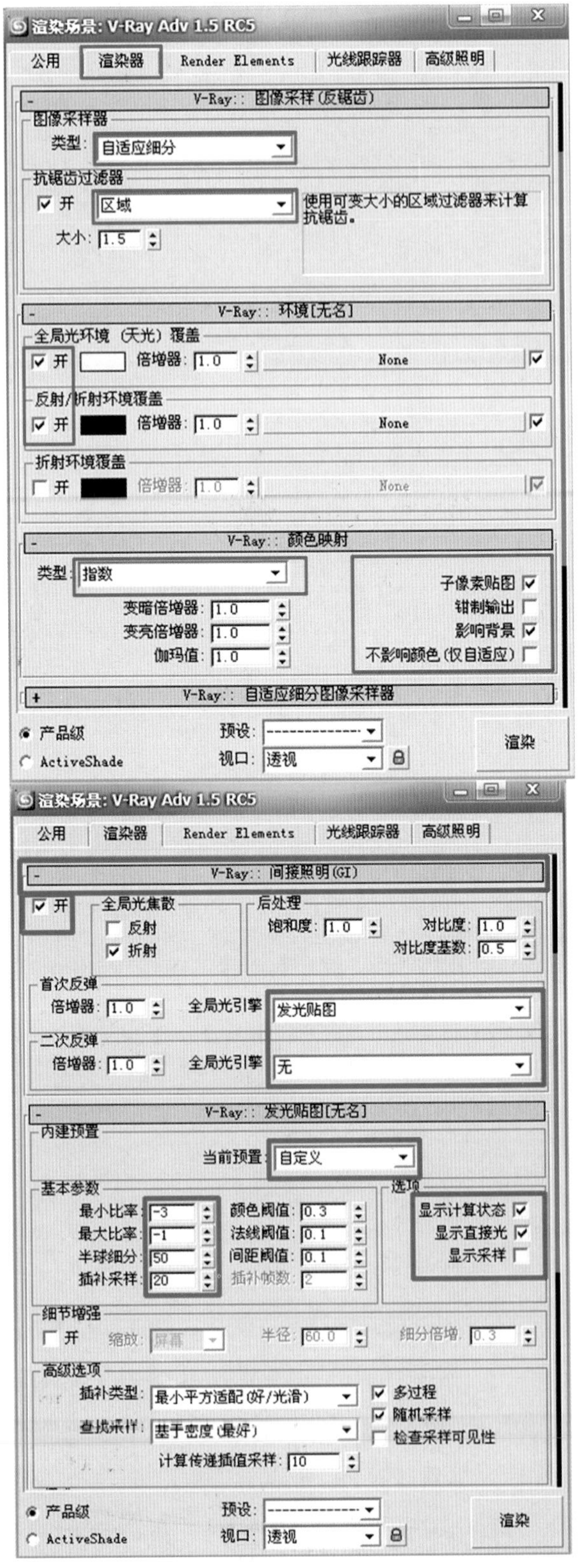

[复习参考题]

◎ 制作一个"父母，你们辛苦了"的变形动画。要求：分离好每一个模型的轴向，并调好相关命令参数，数字文字动画变形过程要有节奏感，画面要显得充实、生动。

渲染场景: V-Ray Adv 1.5 RC5

公用　渲染器　Render Elements　光线跟踪器　高级照明

V-Ray:: 图像采样 (反锯齿)

图像采样器
类型: 自适应细分

抗锯齿过滤器
☑ 开　区域　使用可变大小的区域过滤器来计算抗锯齿。
大小: 1.5

V-Ray:: 环境[无名]

全局光环境 (天光) 覆盖
☑ 开　倍增器: 1.0　None

反射/折射环境覆盖
☑ 开　倍增器: 1.0　None

折射环境覆盖
☐ 开　倍增器: 1.0　None

V-Ray:: 颜色映射

类型: 指数
子像素贴图 ☑
钳制输出 ☐
变暗倍增器: 1.0　影响背景 ☑
变亮倍增器: 1.0
伽马值: 1.0　不影响颜色.(仅自适应) ☐

V-Ray:: 自适应细分图像采样器

● 产品级　预设: -------------
○ ActiveShade　视口: 透视　渲染

渲染场景: V-Ray Adv 1.5 RC5

公用　渲染器　Render Elements　光线跟踪器　高级照明

V-Ray:: 间接照明(GI)

☑ 开
全局光焦散
☐ 反射
☑ 折射
后处理
饱和度: 1.0　对比度: 1.0
对比度基数: 0.5

首次反弹
倍增器: 1.0　全局光引擎 发光贴图

二次反弹
倍增器: 1.0　全局光引擎 无

V-Ray:: 发光贴图[无名]

内建预置
当前预置: 自定义

基本参数
最小比率: -3　颜色阈值: 0.3
最大比率: -1　法线阈值: 0.1
半球细分: 50　间距阈值: 0.1
插补采样: 20　插补帧数: 2

选项
显示计算状态 ☑
显示直接光 ☑
显示采样 ☐

细节增强
☐ 开　缩放: 屏幕　半径: 60.0　细分倍增: 0.3

高级选项
插补类型: 最小平方适配(好/光滑)　☑ 多过程
查找采样: 基于密度(最好)　☑ 随机采样
　☐ 检查采样可见性
计算传递插值采样: 10

● 产品级　预设: -------------
○ ActiveShade　视口: 透视　渲染

图6-33

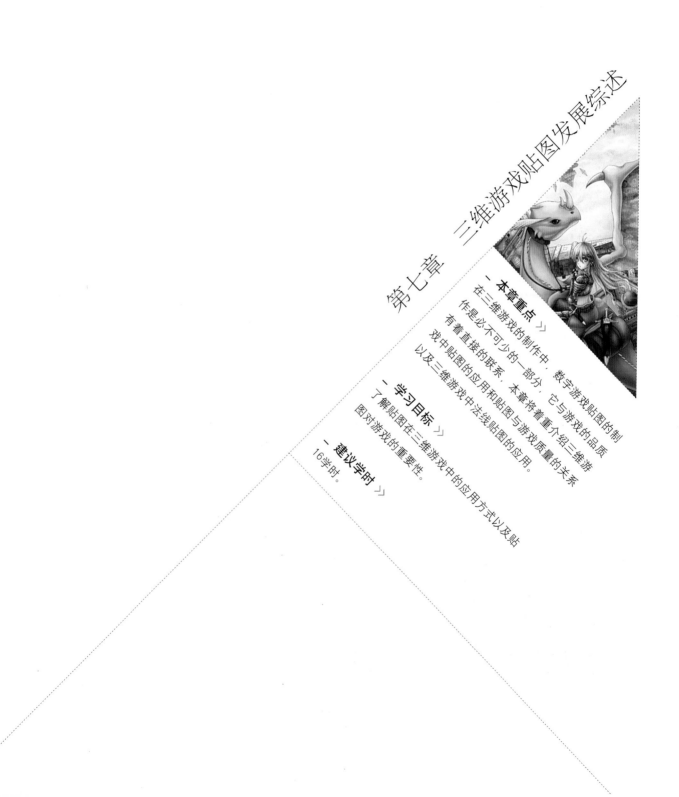

第七章 三维游戏贴图发展综述

本章重点》

在三维游戏的制作中，数字游戏贴图的制作是必不可少的一部分，它与游戏的品质有着直接的联系。本章将着重介绍三维游戏中贴图的应用和贴图与游戏质量的关系以及三维游戏中法线贴图的应用。

学习目标》

了解贴图在三维游戏中的应用方式以及贴图对游戏的重要性。

建议学时》

16学时。

第七章　三维游戏贴图发展综述

一、关于游戏图像的历史与发展

回顾电子游戏发展历史，游戏的载体对游戏图像的发展起着至关重要的作用。无论是早期的雅达利主机（雅达利2600游戏机是雅达利公司推出的家用游戏主机，1977年10月在美国发售）还是任天堂的红白机（任天堂的8位电视游戏机发售于1983年7月，在我国直接命名为"任天堂"游戏机，又称为红白机，英文名FC（Family Computer）由于当时条件限制，游戏角色设计无法做出五官细节，在当时的情况下，人物只能制作成比较卡通的造型。例如超级玛丽里面的主人公马里奥，冒险岛中的主人公就是由于上述原因，其造型主要就是大大的眼睛和极具夸张的大胡子。因此由于分辨率太少，怎样使自己的游戏人物跃然而给人留下深刻印象就成了艰巨的任务。于是业界流传着这么一种说法：你的游戏人物设计出来了，如果其黑白剪影（silhouette）能被人准确无误地认出的话，那么这个游戏人物就成功了。其实这和早期的动画领域关于角色形象设计的过程相似，回顾早期的动画形象由于受到当时的技术限制其角色设计必须是鲜明可爱、外形简单的，例如米老鼠与大力水手等。所以这些限制条件迫使游戏设计师抓住角色的本质和最主要的形体特征，进行不断地调整与简化。

随着科技发展当游戏主机进入16位（世嘉的MEGA DRIVE是第一台16位游戏机，1989年10月29日发售）和32位机时代后，三维图像成为主流。但机器所能实时处理的多边形数目有限。这就迫使游戏设计师们为同一个人物角色搞两套模型，一套多边形多的模型，用于高分辨率的过场动画；另一套多边形少的模型，用于低分辨率的实时画面。两个版本之间差别显著。其高分辨率模型有多边形上万个，而其低分辨率模型可能只有多边形几百或者几十个。索尼游戏站（Play Station），简称PS。1994年12月3日发售。其最大的特点（优点）是它的超群的图像处理能力，PS加入专用的3D处理器，使图像

的运行速度高达30MIPS（百万次计算/秒），每秒能进行36万次多边形演算，PS的3D芯片是标准的高级图形工作站专用的芯片，是当时（1994年左右）次时代机战争（PS、SS、N64和3DO）中图像能力最强的一部主机，当时的PC个人电脑也没有那种显示卡能比得上PS的3D芯片的，能和PS匹敌的只有工作站级的高级电脑，PS采用的工作原理也是工作站机的工作原理，就是把图像的处理工作交给特别的"3D几何辅助处理器"（GPU），而CPU就专心进行数据运算的本分工作。

随着机能的提高，特别PS2问世后，机器可以实时处理的多边形数量大大增加了。低分辨率模型的重要性将越来越削弱，最终退出游戏舞台。在多边形数量的瓶颈被克服后，设计者拥有了更大的自由度，但同时更新的挑战又提到了面前——如何使得高分辨率模型具有更真实的动作和表情，甚至行为模式？目前的一些公司已经向这方面努力，最显著的例子就是一些电影所使用的更为复杂的建模技术。这些尖端技术将被逐渐转移到游戏业中并获得广泛使用。索尼游戏站2（Play Station 2），简称PS2。Play Station 2为128位游戏机，中央处理器时钟频率为294.9Mhz多边形处理能力可达1000万/秒（此数值只供参考之用，因为假如按官方所公布的数字来看，PS2的多边形运算速度最快为每秒7500万个，但这个数值并未考虑【Texture Mapping】（即附加在多边形上的影像），【Filtering】（使图像更加自然、整洁所进行的后期加工）以及【Lighting】（使图像更加真实的投影及光暗效果）等所需的运算过程。假如将这些因素都一并考虑进内的话，PS2的多边形运算速度大约为每秒2000万个，再者，这个数字又会受到游戏的人工智能及声效等各种因素所影响，所以假如我们做最保守的估计，PS2的运算速度大概为每秒1000万个左右。从PlayStation2开始，游戏机的硬件配置甚至超越了当时的部分电脑，蕴涵了纳米技术的中央处理器，使得游戏机运算速度得到了空前的提升，而中央处理器与图形处

理器之间的传输速度也达到1GB/秒，游戏机每秒钟运算几百万个多边形轻而易举，这使得三维动画在电子游戏机中的表现更为出色，三维动画的应用，更实现了游戏中镜头、视听语言的应用，这也是使我更加肯定电子游戏与电脑动画关系密切、你中有我的重要原因；高容量搭载CD、DVD存储，Dolby Digital、支持5.1声道环绕立体声的声音输出，让游戏中出现高质量的媒体信息成为可能，让游戏中自然穿插真正的动画内容更加轻而易举。就是这个时候，同样随着计算机硬件及动画软件的迅速发展，电脑动画的制作水平的日新月异，电子游戏的发展也与时俱进。因为三维技术的发展而有了《寂静岭》《生化危机》中窒息的气氛、《阳光马里奥》亦真亦幻的世界；也因为三维渲染、动力学等技术的成熟而有了《塞尔达传说——风之仗》中色彩斑斓的世界、《喷射小子》中另类的城市和别具特色的人物、《胜利十一人》中以假乱真的人物动作和真实的物理运动；由丁三维动作捕捉技术的发展而成功塑造了《合金装备》。

时至今日游戏主机主要为PS3、WII与XBOX360三分天下，其中PS3与XBOX360的主机性能大体相当，尤其是PS3主机的图像在多方日本公司的鼎力支持下例如；日本株式会社Ｗeb技术总公司，表示针对Playstation3以及Playstation2软件开发用图像优化程序"OPTPiX iMageStudio for Playstation3"是一款针对Playstation3软件开发的专用图像优化程序，搭载文本高品质S3TＣ压缩以及直接编辑功能，可以让开发软件与Playstation3达到最佳融合。当然还可以与"OPTPiX iMageStudio for PlayStation2"完全连通和兼容，使得其游戏画面更加出色。

但展望未来其游戏更新性的载体的出现必然颠覆目前现存的传统游戏主机形式，例如用脑控制游戏将成为可能，这个奇怪的装置或许在将来会和手柄一样成为游戏的必备品。NeuroSky公司正在研发这种新型控制器，它可以读取你的脑电波，用"念力"来控制游戏。目前NeuroSky还不能保证你一定能通过这个装置控制整个游戏，但他们确信它能将读取你的心理状态，从而影响游戏的进度。

二、关于游戏色彩与图像的分析

著名摄影师斯托拉罗曾说："色彩是电影语言的一部分，我们使用色彩表达不同的情感和感受，就像运用光与影象征生与死的冲突一样。我相信不同色彩的意味是不同的，而且不同文化背景的人对色彩的理解也是不同的。色彩作为一种视觉元素进入电影之初，只是为了满足人们在银幕上复制物质现实的愿望，正所谓百分之百的天然色彩。"直至安东尼奥尼的《红色沙漠》的出现，这部电影被称为第一部真正意义上的彩色电影，因为"安东尼奥尼像一个画家那样处理色彩，他使用了不同技巧来分离与构成色彩，以期创造出一种特殊的现实，一种与主要人物朱丽娅娜的心理状态一致的现实"。黄色的浓烟、蓝色的海、红色的巨型钢铁机械和房间，绿色的田野显示出安东尼奥尼对工业文明的理性思考。他对色彩的处理恰如冷抽象画家蒙德里安。这种用色彩来表现人物心理世界的方法被一些电影家屡次成功地使用。如文德斯的《柏林苍穹下》，影片一开始是摄影机在柏林上空的一个大俯拍，这是天使的视角，用黑白影像来表现这个巨大的工业都市，同时也表现出天使与凡人在感觉上的隔阂，直到天使爱上马戏团里表演空中飞人的女郎，决心放弃天使的身份成为一个凡人，周围的世界突然有了色彩。

色彩可以表达感情——

红色：激情，精力充足，残暴。

蓝色：高贵，冷淡，伤感，忧郁，沉静，孺弱。

黄色：天真，活泼，明朗。

绿色：希望，和平。

紫色：高贵，高雅，不稳定，神经质。

黑色：死亡，消极，神秘。

通过屏幕上的色彩，可以有效地影响观众的情绪。电影《辛德勒的名单》就是一个很好的例子。影片从《辛德勒的名单》开始，浓黑与惨白中的两次红色，形成强烈对比，一次是小女孩的红色外衣，一次是烛火，给人温暖与希望，通往新生，同时又仿佛会刺痛你的双眼，撼动人心。

具体到游戏图像方面，美国游戏与日本游戏各有千秋，例如美国游戏用色厚重，使用混色多，大气且豪迈，例如暴雪公司设计的《魔兽世界》系列。游戏的画面WoW采用了ddo游戏引擎，ddo引擎则偏向贴图的古旧，这样WoW的唯美卡通风格才得以显示出艾泽拉斯的奇幻世界。再加上WoW采用了不算多的多边形，极大地降低了游戏机器的资源耗用，加上暴雪一流的美工的努力，铸成了既流畅又华丽的视觉冲击。日本游戏一般比较明快，色彩比较自然，纯色使用比较多。例如由史克威尔公司出品的《最终幻想》系列，日本游戏公司中SQUARE的CG动画制作水平最高，应该不会有人反对。

游戏中的色彩设置，首先要考虑的是究竟先设定游戏人物的色彩，还是先设定背景的色彩。无论先设定谁，两者都无可避免地有可能冲突，需要在设计过程中不断修改。

背景的色彩配置，以动作游戏为例来简要说明一下。动作游戏一般有一系列关卡，每个关卡都有自己独特的任务和敌人，更有自己独特的环境、建筑、物品。每个关卡更应该有自己的独特的主题和色彩设置。

一般来说，一个关卡的调色板有2～3种主色彩就足够了。然后在这2～3种主色彩的基础上进行深浅明暗的变化，并加以日夜雨雾等效果。

虽然在计算机中使用软件可以随意地变换颜色。但一开始进行设计的时候，很多设计师还是喜欢用传统的方法，用画笔和颜料，绘制大色块效果图。所谓大色块效果图，就是用粗大的笔触，刷出关卡的大效果。忽略各种细节，只考虑2～3种主色彩和其层次变化。大色块效果图，一般被用来试验关卡的色彩配置，获得直接快速的反馈和意见。

各关卡中的物品和财宝，一般用亮色，并且可以使它们不时闪耀发光，使得玩家能够比较容易地找到它们。

使用色彩来标志某些特定功能区域，也是一种常用的方法。这种方法在平面设计和网页设计方面也很常见，就是使用某种色彩去标志某项功能，使得用户（玩家）在一定时间后形成色彩→功能的条件反射。这样当用户进入一个新的网页或者关卡

时，可以马上找到相同功能的单元或者物体。

人机界面的色彩是一个比较棘手的问题。因为人机界面实际上不属于游戏世界，它是浮游于游戏世界之上的一层，如果色彩设定得不好，对游戏世界是个干扰。更棘手的问题是各个关卡的色彩配置不同，但界面的色彩是不应该改变的，这样就有如何使得界面的色彩配置和所有关卡的色彩配置都协调一致的问题。

三、关于游戏法线贴图的应用与拓展

三维建模是三维游戏的基础。三维模型按用途可以分为表面模型（surface modeling）和实体模型（solid modeling）两类。所谓表面模型就是在建模的时候，只创建物体表面而不考虑物体内部，创建出来的物体是一个空壳；而实体模型在建模的时候不只考虑物体表面，而且也考虑物体内部。举个例子，同样是创建一个球体，表面建模出来的是个空心球，而实体建模建造出来的是实心球。

三维建模按常用的技术可以分为多边形建模（polygonal modeling）、曲面建模和比较新的Subdivision。还有一种比较特殊的是粒子模型（Particle-system modeling）。

最简单的面就是由三个顶点（vertex）构成三角形平面，通过拼接多个三角形平面就可以构成更大、更复杂的面。

所谓多边形（polygon）就是用顶点定义的面来构成的物体模型。现在三维游戏中多使用的建模技术就是多边形技术。如果物体模型的多边形越分越细，数量越来越多，就可以用来模拟柔和的曲面，这种技术就叫多边形近似（polygonal approximation）。

层次结构对于越来越复杂化的建模来说，是个至关重要的部分。大多数现实中的物体都不是简单几何体，总是由若干部分组合而成的。每个部分都有自己的坐标系，当你移动旋转或变形整个物体的时候，所面对的就不只是单一坐标系下的一个几何体，而是多个几何体的集合，它们之间的位置就需要用层次结构来控制。举个最简单的例子，一个木桌，由四条腿和一个桌面组成。如果腿和桌面都以

自己原有的坐标系为准，相互之间没有联系，在旋转和放缩整个凳子的时候就会出现问题。

建立层次结构不光是为了统一坐标系，更重要的是它是一种有效管理模型各部件的方法。层次结构一般是树状模型。创建具有细致层次结构的模型，就可以对每个部分或者几个部分分别操作，清楚明了，而且灵活。

一个比较重要的模型层次结构就是人体的层次结构。一般来说，人的骨架结构以腰部为根结点，下面延伸出左右臀部，然后是大腿和小腿之间的膝盖、脚踝和脚趾；向上则是脊柱，脊柱的块数按精细程度可以从2～5块不等，脊柱的尽头就是脖子，然后是头部；从脊柱还要分出两个肩关节，然后是手肘、手腕、手指。给出基本的人体层次结构，像现实中一样，表面性质也是物体一类重要的参数，比如颜色、反光度、凸凹性质等。物体表面各种性质的集合称作shader。将物体面性质定义为独立的数据类型shader，好处很多：定义好一个shader，可以复数使用在不同物体上；作为独立的数据，方便调整和衍生出新的shader；构成shader库（shader library），方便他人和不同的项目调用。很多三维软件会提供基本shader库给客户，客户也可以根据自己的需要创建出新的shader来充实自己的shader库。

Mip mapping mip贴图：这项材质贴图的技术是依据不同精度的要求，而使用不同版本的材质图样进行贴图。例如：当物体移近使用者时，程序会在物体表面贴上较精细、清晰度较高的材质图案，于是让物体呈现出更高层、更加真实的效果；而当物体远离使用者时，程序就会贴上较单纯、清晰度较低的材质图样，进而提升图形处理的整体效率。lod（细节水平）是协调纹理像素和实际像素之间关系的一个标准。

[复习参考题]

◎ 制作一张旧金属贴图，将其贴在个人预先制作的机械模型上。要求：制作贴图时要注意纹理的方向，选择适合的贴图方式及颜色，并控制好纹理的细节，协调纹理像素和实际像素之间的关系。

第八章　游戏的音乐与音效

《本章重点》

通常在数字游戏中，只是拥有绚丽的画面是远远不够的，动听的音乐与音效往往也是吸引玩家的重要环节！下面一章我们将着重介绍数字游戏中音乐的应用，并从实例出发讲解利用如何用软件制作游戏音乐。

《学习目标》

了解音乐在游戏中的应用，并了解学习游戏音乐的制作。

《建议学时》

16学时。

第八章 游戏的音乐与音效

　　游戏也是一种艺术，是各种艺术的完美集合体。游戏是一个独立的、完整的世界。在这个虚拟的世界里面，音乐是不可或缺的元素。

　　游戏里的玩家在探索着未知的游戏世界时，在一张张完全不同的游戏地图里面徘徊探索，完全融入了那个虚拟世界里面。而音乐却有着不可或缺的作用。

　　当你游走在《武林外传》（图8-1）里面的京城和沙漠地图中，肯定是完全不同的感觉。画面场景与效果的差异，除了电视剧与任务了解到的故事情节外，最能带给你直接冲击感受的就是音乐。如果把专为游戏本身所配的音乐去掉，换上了其他风格的音乐，例如：赛车游戏放入流行歌曲，本身就失去了速度的感觉。那么，游戏本身的感觉就会大打折扣。

　　随着近年来PC游戏的发展，对游戏音乐的需求量也相对增大，从而涌现出一批游戏音乐制作的个人或团体公司。

　　例如：卢小旭、罗晓音等。

　　小旭音乐工作室作为北京小旭音乐文化有限公司旗下的一个游戏音乐专业制作机构，已经为百余部网络游戏/单机游戏创作音乐和主题歌，是一家专业从事游戏音乐、流行唱片、影视广告配乐的制作机构。

图8-1　摘自网络游戏《武林外传》

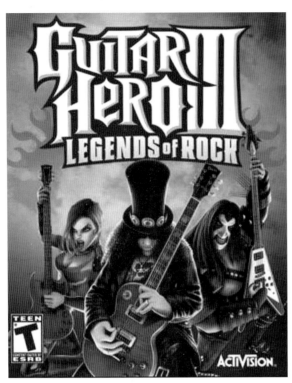

图8-2　转自sharevirus

图8-3　摘自网络游戏《QQ音速》

音乐游戏

音乐类游戏

音乐类游戏是音乐爱好者的最爱,随着劲乐团、DJ-MAX、QQ音速、吉他英雄等音乐类游戏的出现,音乐爱好者增大了对音乐游戏的青睐,同时也丰富了游戏市场。

目前中国市场内主要以四款音乐类网游为主,劲乐团、劲舞团、超级舞者、QQ音速(图8-2、图8-3)。

以QQ音速的音乐为例,对于游戏音乐的制作一般都有以下的步骤:

(一)音乐创作部分

音乐制作人需要根据游戏场景的描述、结合游戏的制作需求、构思创造出音乐的旋律。

在现代音乐当中,作曲与编曲多为两个人,作曲者只针对旋律,而编曲对于这个旋律,负责填充。举个例子,例如作曲者创作的旋律是骨骼,那么编曲就负责在骨骼上填充血肉。

音乐在制作过程中,编曲尤为重要。音色、音效的选择,节奏与节拍的使用,都是编曲的重要部分。

(二)MIDI音乐制作部分

音乐制作是指音乐的MIDI制作部分,即乐器数字接口(Musical Instrument Digital Interface,MIDI)是20世纪80年代初为解决电声乐器之间的通信问题而提出的。MIDI传输的不是声音信号,而是音符、控制参数等指令,它指示MIDI设备要做什么,怎么做,如演奏哪个音符、多大音量等。它们被统一表示成MIDI消息(MIDI Message)。传输时采用异步串行通信,标准通信波特率为$31.25 \times (1 \pm 0.01)$ KBaud。多数音乐制作工作室,大部分的游戏配乐通常都是采用MIDI和真实乐器共存的方式来完成。MIDI制作是将创作出来的游戏音乐中的非真实乐器部分,利用电脑数字音频设备,以音序器作为指令编辑核心,以软、硬件采样源为声源、辅以效果器得以完成的(图8-4)。

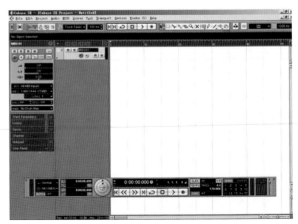

图8-4

(三)演奏录音部分

游戏音乐制作中，除了一部分由MIDI录制完成外，另一部分由乐手、歌手录音完成，这一部分通常是主旋律或其他重要声部，或者是无法用MIDI完成的声部。

(四)后期混音及母带处理

在器乐录音和MIDI制作都完成以后，需要对所有的游戏音乐声部作最后的缩混及母带处理工作，使所有声部能够和谐地融于一体，这也是游戏音乐制作的最后一步。

制作部分：

1.首先是根据游戏场景以及内容创作旋律、歌词和简单的编曲。

2.音乐制作编曲部分。

(1)硬件需求

关于音频硬件的要求是能够通过硬盘存储器而进行数字音频录音播放的音频卡，且需要相应的ASIO Driver或Windows Multimedia兼容驱动。要能正常运行Cubase SX，对于PC计算机的最低要求为：500MHz Pentium III、256MB RAM或相当的AMD处理器，建议最佳配置为1GHz以上或双PIII/Athlon处理器、512MB RAM。

音频卡支持至少44.1kHz的取样率，还需要音频硬件能够支持ASIO Driver、DirectX。

(2)MIDI设备的设置

MIDI设备连接指的是MIDI键盘或外部MIDI音源设备，主要用于为计算机输送MIDI信息，MIDI音源则用于为MIDI提供MIDI乐器的音色。

在新建MIDI通道时使用默认定义的MIDI Input/Output端口设置，选择Devices Menu/Device Setup/Default MIDI Ports-Setup，在相应MIDI Input和MIDI Output下拉式菜单中进行设定。这样，每次新建MIDI通道都将使用该默认定义的MIDI Input/Output端口。主要针对以自己电脑的专业音频卡为主。

窗口介绍（图8-5）：

MIDI录音

1.创建一个 MIDI Track（图8-6）。

2.使用MIDI设备进行录制（图8-7）。

使用VSTi虚拟乐器插件（图8-8）。

VSTi是Virtual Studio Technology Instruments的缩写，它是基于Steinberg的虚拟乐器技术，基本上以插件的形式存在，可以运行在当今大部分的专业音乐软件上，在支持ASIO驱动的硬件平台下能够以较低的延迟提供非常高品质的效果处理。要达到VSTi的最佳效果（也就是延迟很低的情况），声卡要支持ASIO。VSTi虚拟乐器可以看做是软音源，所以只能加载在MIDI轨上。

图8-5

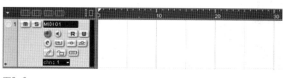

图8-6

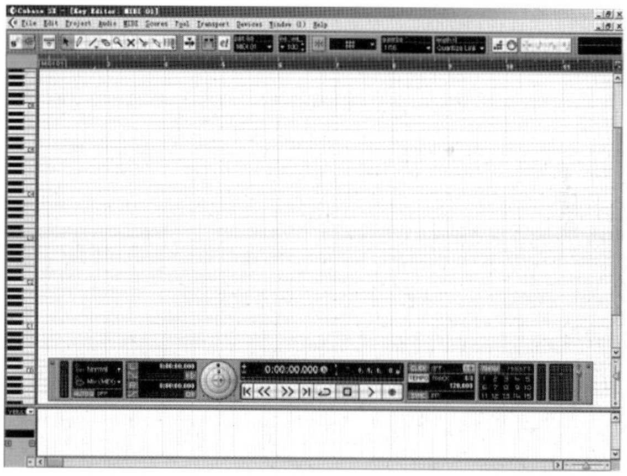

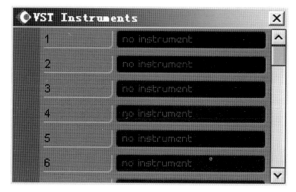

图8-7

图8-8

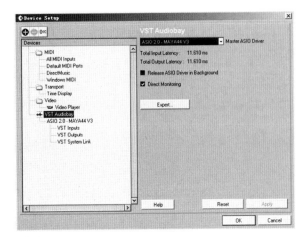

图8-9

图8-10

图8-11

使用VSTi插件达到录制、编曲的目的。

3.音频录音部分。

(1)对于歌曲的真实部分，大多数工作室采用的是音频实录的方法，即音频录音。

歌曲需要的人声部分，吉他的solo部分，或者软音乐模拟起来比较吃力的部分等都需要采用音频录音的方式来录制。

(2)硬件设备，包括电脑、调音台、专业声卡、监听音箱、话筒、话筒防喷罩、乐器等等这些部分。

(3)多轨录音——各种乐器和人声的录音与叠加录音的过程，每种录音都有各自的"音轨"。

4.缩混——缩混也就是混音，在音乐的后期制作中，把各个音轨进行后期的效果处理，调节音量然后最终缩混导出一个完整的音乐文件。

歌曲部分制作完成后，就要按照歌曲的节奏来完成游戏中的"乐谱"。等待游戏更新，就可以玩到新的歌曲了。

下面以简单的操作给大家介绍下CUBASE SX

设置音频设备

选择菜单中的 Device5/Device Setup（设备/设备设置）命令，在左侧界面内选中VST Audiobay(VST音频通路),设置音频设备驱动。此时通过右侧下拉列表框可以选择可用的音频设备驱动（图8-9）。

设置完成后，就进入到CUBASE SX的世界了，首先需要创建一个新工程（图8-10）。

选择Empty（空工程）（图8-11）。

选中Empty之后，点击OK，又弹出选择目录界面，让用户新建一个工程文件夹，存放该工程的所有相关文件。

添加音轨

在CUBASE SX的工程窗口中，单击鼠标右键，在弹出的快捷菜单中可以选择建立多种不同的音轨，我们来创建一条MIDI轨（图8-12）。

录制MIDI

单击走带控制器上的录音按钮，录音就开始了（图8-13）。

就地编辑MIDI

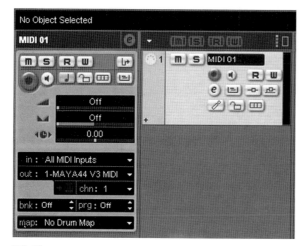

图8-12

图8-13

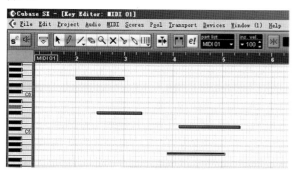

图8-14

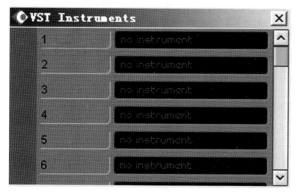

图8-15

由于各方面因素影响，录音不会十分完美，就需要就地编辑来达到需要的效果（图8-14）。

使用VSTi虚拟乐器

选择菜单中的Devices/VSTInstruments（设备/VST乐器）命令。按F11也可以快速打开该窗口（图8-15）。

第一次打开VST乐器窗口，所有64个位置都是空白，因为还没有加载任何乐器。单击黑色部分，弹出的列表中列出了CUBASE检测到的所有的乐器。选择VST乐器。

加载了VST乐器就可以马上使用了。

通过虚拟乐器的使用，加之作曲、编曲、录音等步骤，就可以制作出优秀的游戏音乐。

注：Cubase SX：德国Steinberg出品的具有划时代意义的音乐制作平台，将midi编曲、多轨混音完美地融合在一起，支持vst、dx格式的音源，效果器插件，可以通过计算机运算导出专业成品音乐。

[复习参考题]

◎ 选取一段数字游戏视频，在Cubase软件中去掉音效与音乐，凭借自身的感受为其添加一段数字音效与音乐。要求：画面节奏变化要与音乐节奏一致，音乐内容要与游戏情节相符，并注意音乐风格、音效的选择，节奏与节拍的吻合。

第九章 游戏动画CG模型制作步骤

本章重点

数字游戏中的角色栩栩如生，可以跑与跳，甚至还可以做出武打招式，这就涉及了数字游戏中的重要组成部分——数字游戏模型与骨骼绑定与动画。本章将详细地讲解游戏中的角色从模型到贴图再到骨骼、动作绑定，最后的游戏动画制作等一系列的流程和方法，以及在制作之中的一些注意事项、技巧及解决问题的方法。

学习目标

了解和学习掌握游戏角色制作中的一系列流程，包括建模的方法、贴图的设计和制作方法、材质的调试、骨骼绑定与运动的制作方法、动画的制作方法与合成。

建议学时

48学时。

第九章　游戏动画CG模型制作步骤

第一节 ///// 概述

　　对于游戏来说，游戏的实时画面中各种角色的动作实际上是一段段事先设置好的短动画。比如说在RPG游戏中的对战，当玩家下达指令使用某项魔法后，游戏程序播放一段事先设置好的动画，显示角色的释放魔法的动作和敌方挨打之后的反应。这实际上就是两段预先编制好的动画。举个简单的例子：比如在一个第三视角的游戏中，按下方向键，角色前进一小步，从按键下去到动作停止，这个移动的过程也是一段事先编制好的短动画。这些短动画短的不过几秒，长的不过一分钟，但它们是构成整个游戏中人物角色各种动作的基础。只有通过这些细致的动作，才能彰显游戏人物的个性，使得游戏角色不只是一堆多边形，而成为有血有肉，呼之欲出的人物（图9-1-1、图9-1-2）。

　　自从变形金刚电影版播出以来，它的衍生产品也接踵而来，关于变形金刚的游戏也在PC机中兴起一时，相信大家也都有着自己最深刻的变形金刚的印象，变形的一瞬间使人心情澎湃。说到这里是不是大家也都希望能拥有一个自己的变形金刚呢？

　　提起造型，其意思就是塑造物体的特有形象，也就是将角色依据其形象表现性格的过程。同理，三维造型设计就是利用角色的设计将角色表现得淋漓尽致。

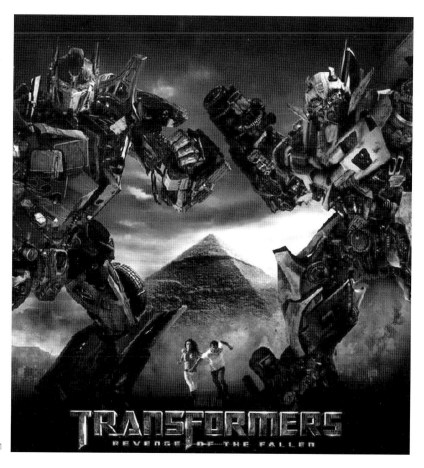

图9-1-1

图9-1-2

三维游戏的造型设计本质来说与二维创作大同小异，只不过是我们从传统的二维当中摆脱出来，更改为另外一种表现方式。

三维游戏有着二维无可比拟的震撼力和真实性。在创作三维游戏的造型时，有几点要遵循的原则：

1.用形象表现角色的个性（形象包括角色的穿着、面部等特征）；

2.富有时代特征（角色的造型要体现出游戏的时代背景）；

3.适合大众化（不同国家、地区相同的游戏，在角色造型等方面会略有更改，使其更适合不同地区的风土人情）。

图9-1-3是要制作的变形金刚的原画设计，是由空调变形而来，所以说在设计的时候就要有空调的元素，比如空调的前盖，里面的排风扇。都要在变形金刚身上休现出来，当然在画角色设定的时候就要考虑好如何变形，然后才能将角色设计出来。关于变形金刚的变形原理和零件对位将在后面的章节提到，了解这些有助于变形金刚的设计，这里就不多说了。

图9-1-3

图9-2-1

一、制作之前的准备 (图9-2-1)

从这里开始就是三维的部分了，三维软件的种类很多，在中国来说，最常用的有3D MAX和MAYA，模型方面也常常会用到ZBrush。

要做好三维模型，需要我们日积月累的制作经验，制作模型的规范性是不可忽视的，如果没有好的模型制作规范，在后期的调整，场景的导入导出，以及渲染中都会出现问题，甚至需要重做。说了这么多，那三维模型制作的规范是什么呢？

1.用最少的面数去表现物体，不要出现多余和不必要的面；

2.不要出现五边面和多余的点；

3.将模型规范用名和时时合并。

那么现在开始就为大家展示制作变形金刚模型部分零件的过程（图9-2-2）。

首先我们参考这张图片，我们要先制作变形金

刚头顶的盖子。将这张图片用ACDSee打开，然后再将设置更改为"总在最上"显示。如图（图9-2-3、图9-2-4）：

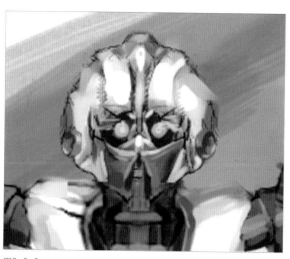

图9-2-2

回到3D MAX 在顶视图新建plane（片），长、宽分别为80、33，线段数设置为2，为其赋予默认材质，再将其塌陷成可编辑多边形。如图（图9-2-5）：

选择中间的线为其添加Chamfer命令，以同样方法 横向添加Chamer命令，并将形状调整。如图（图9-2-6、图9-2-7）：

沿中线删除左面部分，并为其添加Symmetry命令，作为映射。此时只需要调整右面部分，左面也会复制相同操作（图9-2-8）。

选择横向三条边为其添加connect命令，然后调整模型并连接线段。再选择模型的边缘线段按住Shift键，拉动出斜面。如图（图9-2-9、图9-2-10）：

做到这里大型已经出来了，下面我们要让模型更真实，就需要为模型添加切角：选择需要添加切角的边，为它赋予Chamfer命令。如图（图9-2-11）：

以此方法继续调整模型，然后为其赋予TuboSmooth命令，使模型产生圆滑效果，这样模型的头顶盖的正中心模型就制作出来了（图9-2-12、图9 2 13）。

图9-2-3

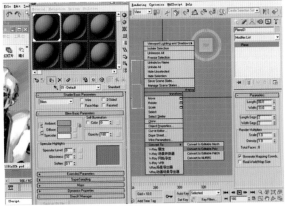

图9-2-4

图9-2-5

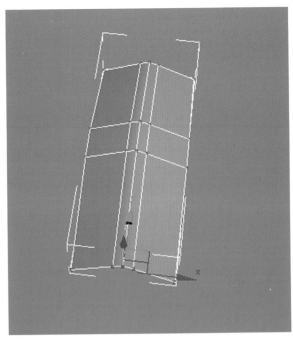

图9-2-7

图9-2-6

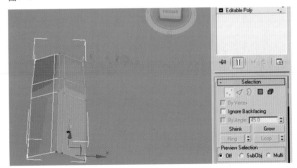

图9-2-8

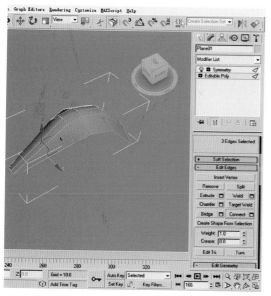

图9-2-9

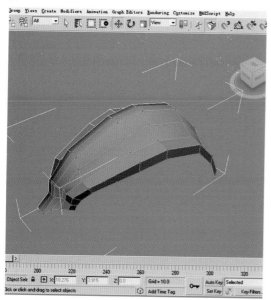

图9-2-10

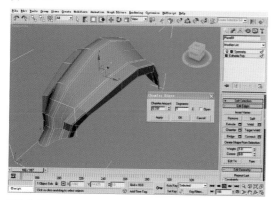

图9-2-11

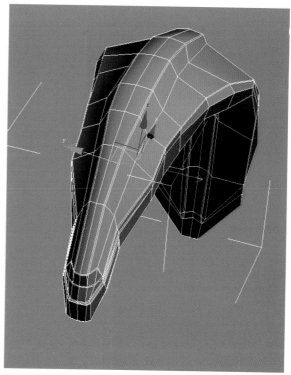

图9-2-12

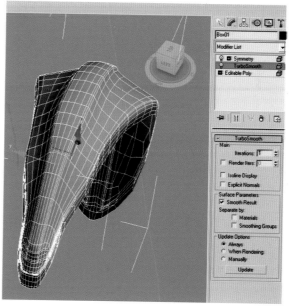

图9-2-13

　　其实做模型所需要的命令很简单,只是需要我们熟练地掌握。下面继续制作头顶盖的其他模型。回到顶视图,在刚刚作过的模型右边新建切片,调整参数,然后将模型塌陷成可编辑多边形。如图9-2-14。

回到透视图，调整模型，将新建切片沿模型边缘对齐，连接线段，使模型更圆滑（图9-2-15、图9-2-16）。

选择一条横向的边，然后点Ring（Alt+R）命令，使所有横向边被选择，按Connect（Ctrl+Shift+E）命令，连接所选择的线，再次调整模型。选择模型的边，按住Shift键，向下拉动。如图（图9-2-17～图9-2-19）：

选择需要加倒角的边，为模型赋予Chamfer命令，再次调整模型，然后选择原头顶中心模型，使用Attach命令拾取刚刚做的Object17物体（图9-2-20～图9-2-22）。

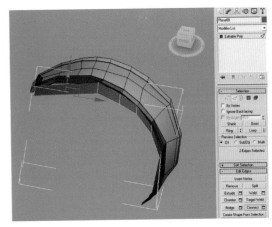

图9-2-16

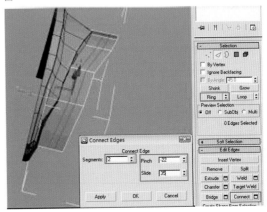

图9-2-17

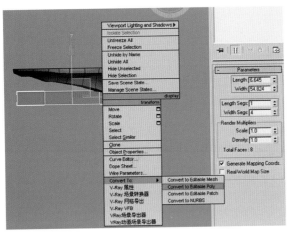

图9-2-14

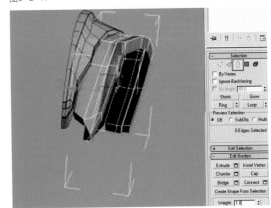

图9-2-18

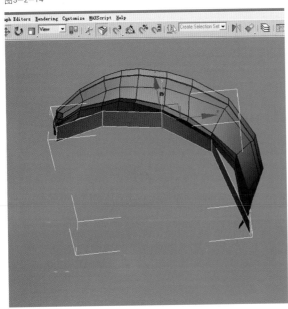

图9-2-15

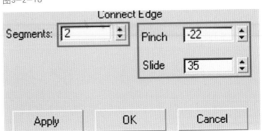

图9-2-19

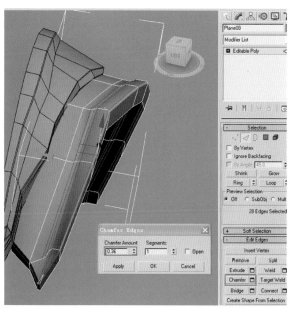

图9-2-20

头部的模型制作方法基本相同，在这里就不一一列举了（图9-2-23、图9-2-24）。

下面开始制作眼睛的模型。

新建圆柱体，将其塌陷为可编辑多边形，并调整模型，为模型添加切角。如图（图9-2-25～图9-2-28）。

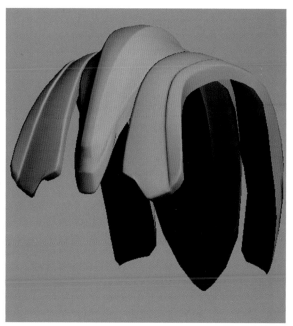

图9-2-23

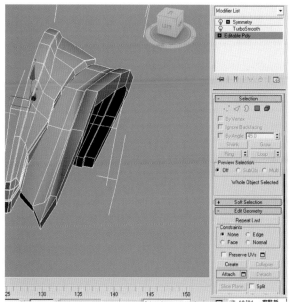

图9-2-21

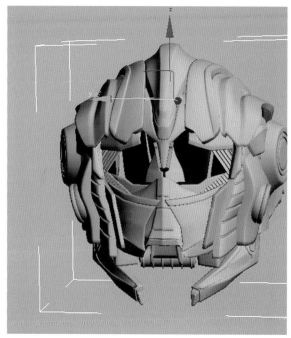

图9-2-24

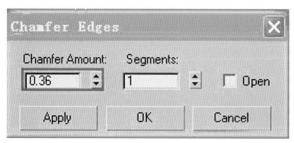

图9-2-22

除背面看不见的面，进入面级别，选择正面为模型添加Inset命令（图9-2-29、图9-2-30）。

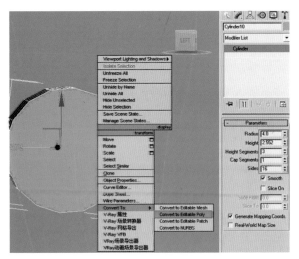

图9-2-25

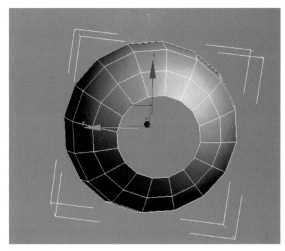

图9-2-27

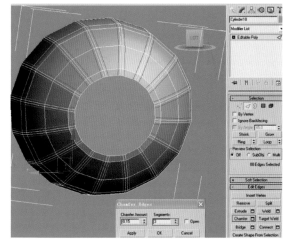

图9-2-28

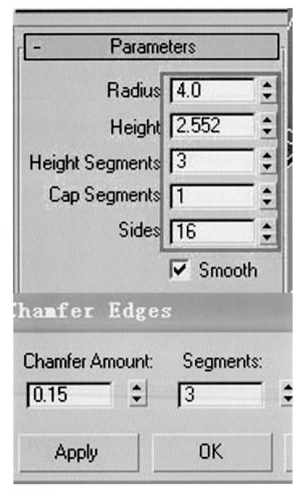

图9-2-26

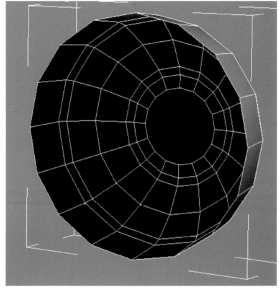

图9-2-29

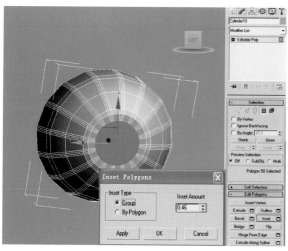

图9-2-30

调整模型，添加线段，然后选择最中心的面，选择Extrude（图9-2-31）。

选择模型四周中间的面，为选种的面添加Extrude命令，并调整模型，继续添加切角（图9-2-32、图9-2-33）。

选择我们已经做完的头部模型将眼睛合并。关于模型的制作简单介绍到这里，其他位置做法也都大同小异（图9-2-34、图9-2-35）。

头部模型作完以后继续制作其他部位的模型，由于变形金刚至少有两个形态，如：汽车人，可以变形成汽车，霸天虎的成员可以变形成飞机、坦克等。那么我们制作的变形金刚的又一个形态自然是空调。所以说在制作身体零件时，只需要把我们事

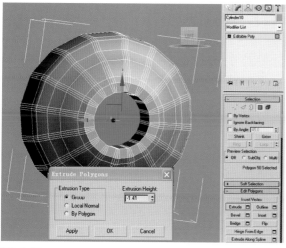

图9-2-31

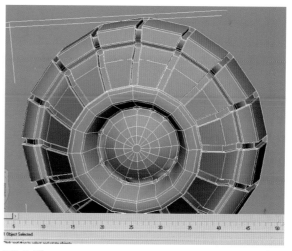

图9-2-33

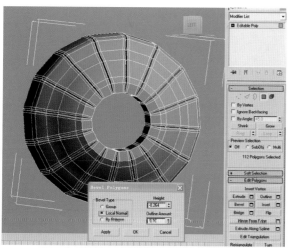

图9-2-32

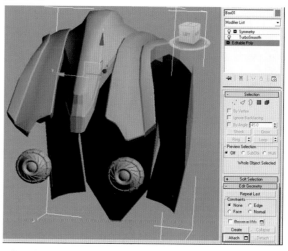

图9-2-34

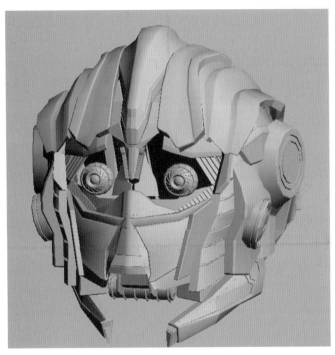

图9-2-35

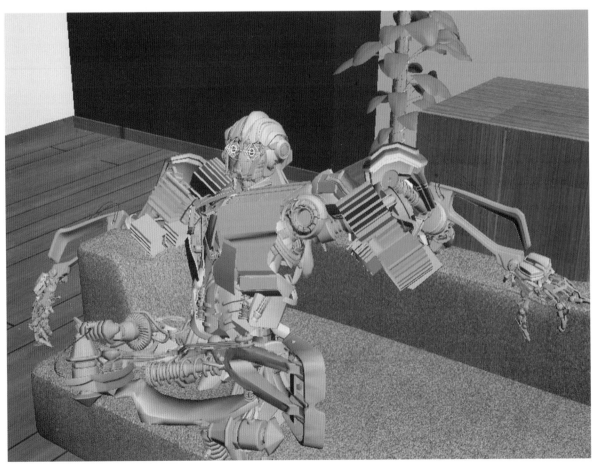

图9-2-36

图9-2-37

图9-2-38

图9-2-39

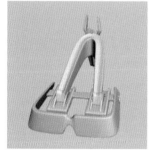

图9-2-40

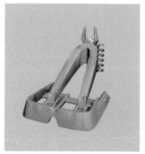

图9-2-41

先制作好的空调拆分，然后对位到变形金刚上就可以，没有必要再做一遍。

之后的任务就是搭建场景，我们做的是一个室内环境，场景的面数不宜过多，毕竟我们的主角不是场景（图9-2-36、图9-2-37）。

二、模型面数的优化

在当今的三维游戏制作中，对于模型的面数有着极其严格的限制，三维游戏的时时渲染引擎不同于普通的CG制作，它需要适合大众化的机器，让机器在不丢帧的情况下进行顺畅的渲染，因此模型面数有着极大的限制。我们需要将一些远距离的场景和不容易看到的模型进行面数的优化。点击需要优化的物体为其添加Optimize修改器（图9-2-38~图9-2-41）。

上图是模型优化前和优化后的变化。显示效果相差无几，但是面数却大大减少了。

第三节 ///// 游戏角色CG制作

一、游戏模型制作（图9-3-1）

变形金刚的基本制作流程是：首先把绘制好的最终设定稿导入3DMAX中作为比例参考图，按照设定图逐一搭建模型，然后进行组合并修饰模型细节、整理材质等。

图9-3-2 躯干的形体

图9-3-1

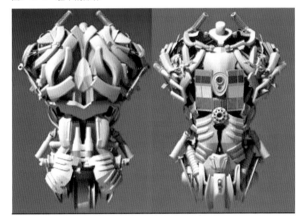

图9-3-3

首先绘制出角色的性格、背景等，以此画出角色的概念设计图，这样有助于深入地刻画出角色的具体细节。我们的机器人是挖掘机机器人，作为工程机械，它变形后的机器人要比轿车变形后的机器人显得强壮结实。

变形金刚是基于人和机械相结合这个概念设计出来的，所以即使他是机器人，为了看起来合理，我们也需要让他与人类的结构相似，比如整个外形上和肌肉结构上（图9-3-2）。

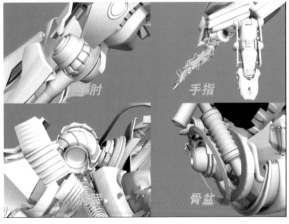

图9-3-4

使变形金刚看起来更像一个生命体，具有合理性（图9-3-4）。

身体的各个关节部位是模型的难点，因为这些部位活动大，所以容易造成穿插，出现错误。

（一）躯干模型制作

1. 在场景中导入一个人体模型，并将它调整为半透明并且锁定，这样有助于我们更加容易创建模型，将原画导入3d Max中（图9-3-5）。

2. 跟随身体起伏围出躯干大的体块儿，这个环节不用太精细，只要能在之后的制作中起到辅助作用即可（图9-3-6）。

3. 删除人体模型，对称出框架的另一边（图9-3-7）。

4. 整个身体的制作过程是一个由"A"到"B"的过程，即由整体到局部的过程（图9-3-8）。

5. 前面做的框架到这一步就可以删除了，将躯干的另一边对称出来（图9-3-9）。

6. 在躯干上面结合原画做出外壳并添加细节（图9-3-10、图9-3-11）。

（二）肩关节的制作

1. 结合人体观察设定图中的肩关节，了解肩关节的连接方式，如图（图9-3-12）。

A和B两点使手臂可以左右摆动，C使手臂可以前后摆动。

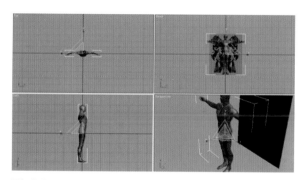

图9-3-5

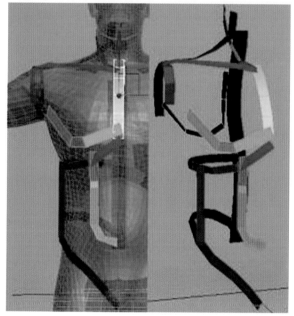

图9-3-6

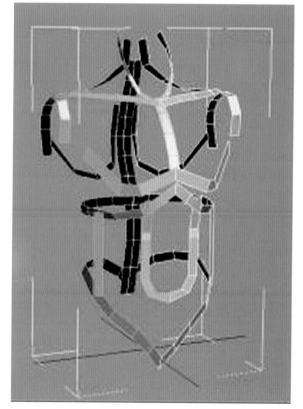

图9-3-7

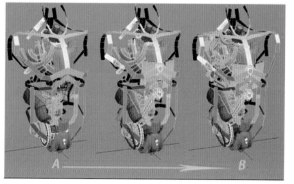

图9-3-8

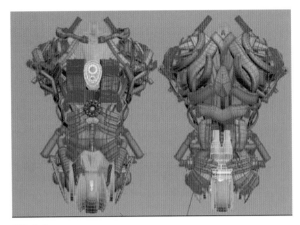
图9-3-9

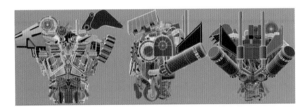
图9-3-10

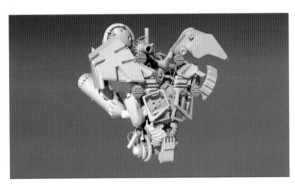
图9-3-11 躯干素模效果

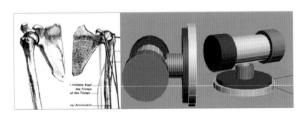
图9-3-12

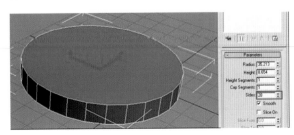
图9-3-13

2．首先进行A和B部分的制作

（1）创建一个圆柱体，如图9-3-13所示，边数为偶数。

（2）将模型塌陷为Editable Poly，并将选择的面进行【Bevel】，如图9-3-14所示。

（3）对选择的面继续进行【Bevel】，如图9-3-15。

（4）删除选择的面，然后如图9-3-16选择部分边进行【Chamfel】。

（5）如图选中这些面（图9-3-17）。

（6）将选中的面进行多次【Bevel】，如图9-3-18。

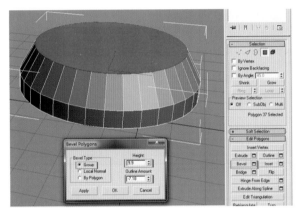
图9-3-14

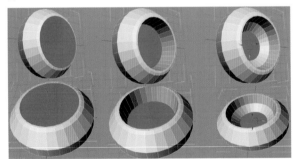
图9-3-15

图9-3-16

（7）点击Ctrl+A键选中所有边，并点击【Chamfel】，给模型添加【Turbosmooth】命令并将命令塌陷，然后给模型添加【Twist】命令，并如图设置参数（图9-3-19）。

（8）制作其他零件，并组合成如图形态（图9-3-20）。

（三）避震的制作

避震是所有零件中应用次数最多的，比如颈部、大臂、腕部、腰部、大腿、脚踝都会用到避

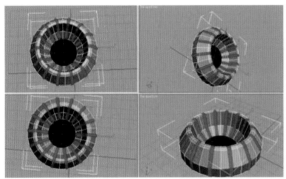

图9-3-17

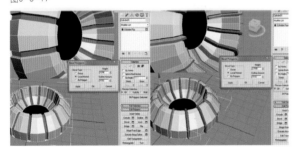

图9-3-18

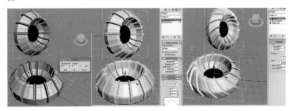

图9-3-19

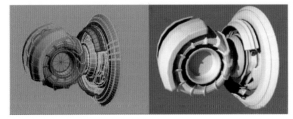

图9-3-20 这个关节稍加变形后便可用在其他关节部位

图9-3-21

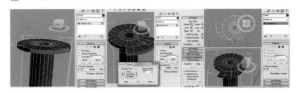

图9-3-22

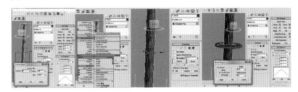

图9-3-23

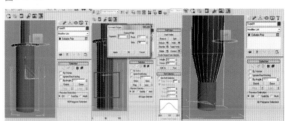

图9-3-24

震。下面我们来创建两种避震。

1.第一种避震

(1)创建一个【Tube】，将模型塌陷为Editable Poly，选中边点击【Connect】，选中面点击【Extrude】（图9-3-21）。

(2)如图选中一部分面，继续【extrude】，并调整至如图（图9-3-22）。

(3)继续选中边进行【Connect】添加两圈线，在物体上右键选择【Convert to Face】命令，点击【Shink】，点击【Extrude】，如图9-3-23。

（4）选中面进行放大，然后选中边点击【Connect】增加两圈线，再选择面进行缩小（图9-3-24）。

(5)选择边，点击【Connect】添加两圈线，在物体上右键选择【Convert to Face】命令，点击【Shink】，点击【Extrude】，如图9-3-25。

(6)选择边，点击【Connect】添加一圈线。选择

边，点击【Extrude】（图9-3-26）。

（7）在创建面板上的卷展栏选择Dynamics Obiects，点击Spring，在视图中创建一个弹簧，对弹簧进行设置并将弹簧放到如图位置（图9-3-27、图9-3-28）。

2.第二种避震

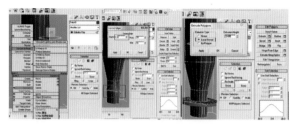

图9-3-25

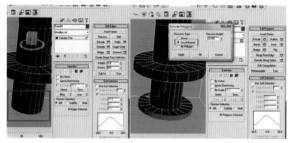

图9-3-26

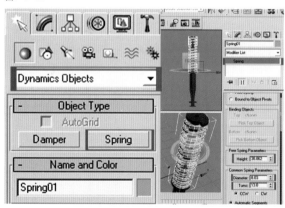

图9-3-27

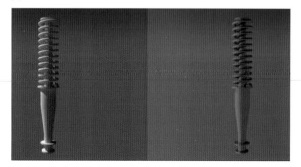

图9-3-28　第一种避震

（1）如图创建一个圆柱体，并将模型塌陷为Editable Poly（图9-3-29）。

（2）如图选择面并将其删除（图9-3-30）。

（3）如图选择面，点击【Inset】生成新的面，点击【Extrude】使其成为如图形状（图9-3-31）。

（4）选择边，点击【Connect】添加两圈线，然后

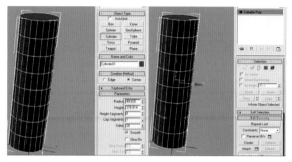

图9-3-29

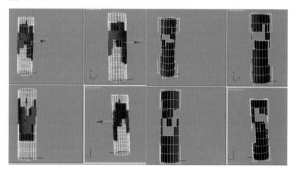

图9-3-30

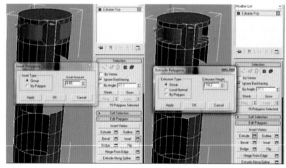

图9-3-31

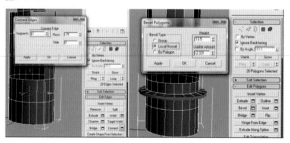

图9-3-32

选择面，点击【Bevel】生成面（图9-3-32）。

（5）给模型添加shell命令（图9-3-33）。

（6）创建一个圆柱体并将其放到如图位置（图9-3-34）。

（7）如图创建一个box，并将模型塌陷为Editable Poly（图9-3-35）。

（8）如图选中点，点击【Chamfel】，再点击Target Weld缝合多余点（图9-3-36）。

（9）重复步骤⑧得到模型（图9-3-37）。

（10）选择边，点击【Connect】添加一圈线。选择面并删除（图9-3-38）。

（11）给模型添加Symmetry命令（图9-3-39）。

（12）选择面并扩大，点击【Inset】，点击【Bevel】（图9-3-40）。

（13）选择边，点击【Chamfer】（图9-3-41）。

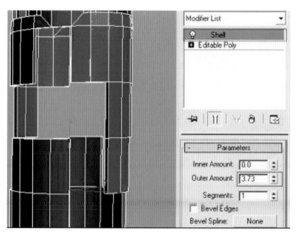

图9-3-33

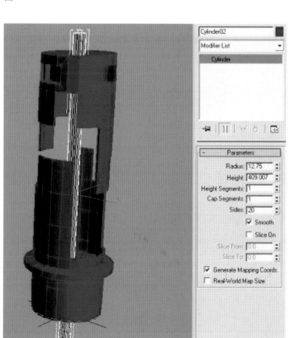

图9-3-34

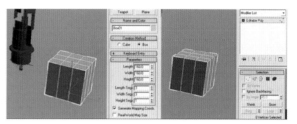

图9-3-35

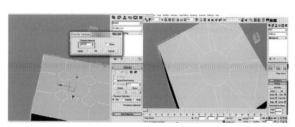

图9-3-36

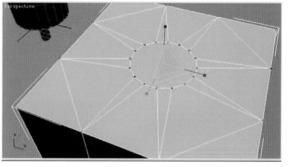

图9-3-37

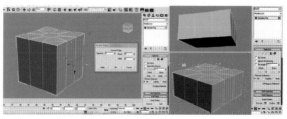

图9-3-38

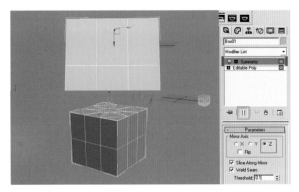

图9-3-39

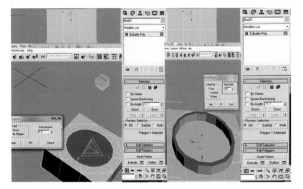

图9-3-40

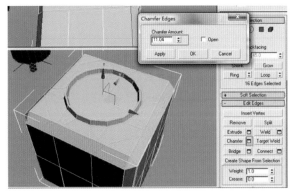

图9-3-41

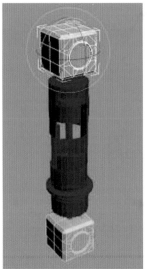

图9-3-42　　　　　　　　　图9-3-43

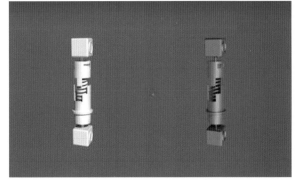

图9-3-44　第二种避震

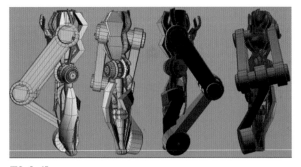

图9-3-45

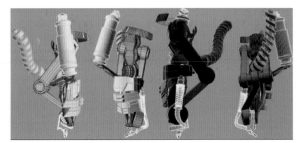

图9-3-46

（14）将Symmetry命令塌陷，将模型旋转90度并放到如图位置，然后复制（图9-3-42）。

（15）创建一个弹簧，并放到如图为止（图9-3-43、图9-3-44）。

（四）变形金刚手与手臂制作

1.制作胳膊的主干部分，其中大的零件可从未变形之前的挖掘机上复制过来（图9-3-45）。

2.为胳膊添加细节（图9-3-46）。

3.结合手臂与关节的制作方法制作手。顺序是由整体到局部，制作方法这里不再赘述（图9-3-47、图9-3-48）。

4.腿部与脚的制作和手臂与手的制作方法一致，都是由整体到局部的建模方法，需要注意的是脚部与小腿的连接。因为这个机器人的脚是履带，所以连接的合理性很重要（图9-3-49、图9-3-50）。

5.头部的创建与人头的创建类似，用创建身体的方法建出头部（图9-3-51、图9-3-52）。

6.将所有部分连接起来并作整体调整（图9-3-53、图9-3-54）。

图9-3-47

图9-3-48 手臂与手的素模

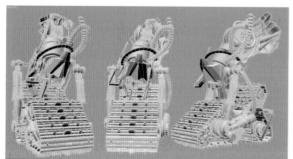

图9-3-49

图9-3-50 腿部与脚的素模

图9-3-51

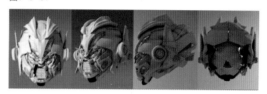

图9-3-52 头部素模

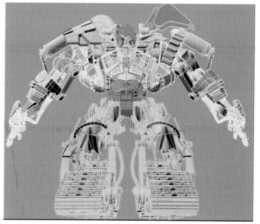

图9-3-53

图9-3-54

二、游戏角色贴图设计

下面讲解一下贴图环节，主要应用的软件有Bodypaint跟PS。把max里建分好ID然后分别导入到Bodypaint里，这里做的变形金刚我把外面的盔甲分了几个块，里面的零件分了几块。因为这里的UV用的是Bodypaint里自动展，所以不宜把整体倒入进去，那样的话贴图需要建的很大，而且不够清晰。

当然如果你要用Unfold 3D或者其他展UV的软件或者Max里自带的展UV展的话也可以，效果也会更好一点。在这里我们用一块头盖骨举例（图9-3-2-1）。

头盖骨倒入Bodypaint后，点击如图1-2笔刷形的标志，给模型一个贴图跟UV，点击后出现一个对话框Bodypaint 3D SetupWizard。如图9-3-2-3，点击next，如图9-3-2-4，如果你的模型在其他软件或在max里已经有了UV，那就把Recalculate UV前面的对号口去掉，这里是自动给模型一个UV的意思。其他选项不用动，默认就好（图9-3-2-2～图9-3-2-4）。

继续点击next，出现对话框，左面是你需要绘制的贴图，如漫反射、高光、凹凸、自发光等，这里我们选用color即可。右面是你需要绘制的贴图大小，我们需要做的是动画不是游戏，所以不可以用

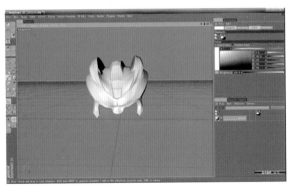

图9-3-2-1

图9-3-2-2

图9-3-2-3

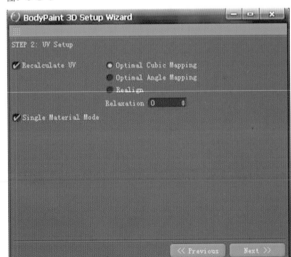

图9-3-2-4

1024，尽量给质量高一点的贴图，所以我们将1024改为2048。其他默认即可（图9-3-2-5）。

然后点击完成，close。这时候左面的工具栏就会自动切换到笔刷，把光标放到模型上会出现像在PS一样的绘图光标。

UV的调节

这里说一下有关UV的调节

给模型自动展UV我们就可以调节它的UV了，在界面的左上角。

选择BP UV Edit（图9-3-2-6、图9-3-2-7）。

这样界面就变成了图9-3-2-8。

左键点击右面窗口的UV Mesh，选择Show UV Mesh（图9-3-2-9）。

窗口内便显示出了UV（图9-3-2-10）。

因为是自动展的UV，如果要是在模型上贴图案

或者标志的话有些UV因为太小而分辨率不够，显得图案特别的模糊，所以需要调节一下UV的大小。

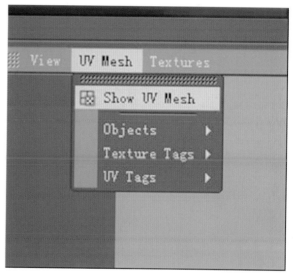

图9-3-2-8

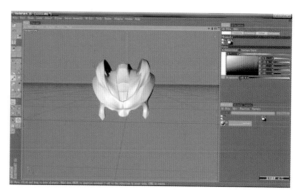

图9-3-2-9

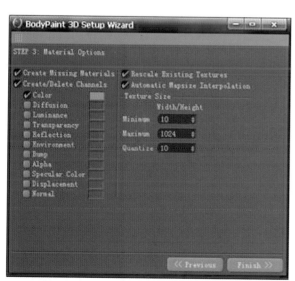

图9-3-2-5

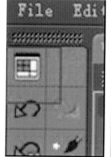

图9-3-2-6　　图9-3-2-7

图9-3-2-10

点击左侧工具栏UV编辑，再左键点击选择工具，这样在右侧窗口中我们就可以调节UV了（图9-3-2-11、图9-3-2-12）。

把鼠标放到右侧窗口，左键点击UV会出来一个圆形的选区，所选中的UV会变为黄色（图9-3-2-13）。

大家可能觉得用圆形选择工具没那么方便，没有max或maya里面便捷。没关系，我们可以像max或maya里一样给它改为矩形选择，左键点住选择工具，会出现很多图形。

我们可以选择噩梦喜欢的选择选区方式（图9-3-2-14）。

下面的几个工具分别是移动、放大、缩小、旋转等，可以通过我们的需要来调节他们的位置与大小（图9-3-2-15）。

选择的方式为按Shift+左键增加，按住Ctrl+左键是减选。

如max里展开UV一样，我们在右侧窗口选择UV左侧窗口可以显示选择的区域，一目了然（图9-3-2-16）。

一般都是用这个模式的窗口绘图和调UV等，如果有人不喜欢这个模式的布局，也可以选择你喜欢的布局，可以选择多种布局（图9-3-2-17）。

默认的BP 3d paint也可以查看UV布局，在窗口左上角点击Texture，UV Mesh里选择Show UV Mesh（图9-3-2-18、图9-3-2-19）。

UV的设置调节先说到这里，下面说一下图层的命令讲解。

图9-3-2-14

图9-3-2-15

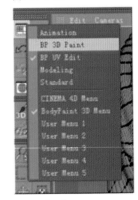

图9-3-2-17

图9-3-2-11

图9-3-2-12

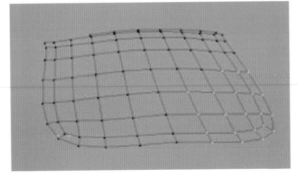

图9-3-2-13

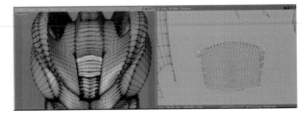

图9-3-2-16

右下角如图9-3-2-20所示是贴图的图层，像PS里一样很好理解。我们首先给模型一个底色。右键点击材质球，选择第一个选项Txeture Channels——color，这时候模型变为白色，材质球已经给予模型。

再右键点击材质球，选择第一个选项Txeture Channels——color，出现一个对话框给模型一个底色，这里我们选择黄色，点击OK（图9-3-2-21）。

模型变为黄色后新建一个图层，右键图层——New Layer。这时候图层框里没有什么显示，其实不尽然……点击黄色图层左侧的三角标志，图层便显示出来了这样我们就可以在新的图层上绘制划痕（图9-3-2-22）。

下面我们讲一下Bodypaint图层一些简单的运用

如PS一样，Bodypaint的图层包括图层、透明度叠加、正片叠底等效果处理上的功能非常强大，所有PS拥有的在这里几乎都能找到，下面依次介绍一下。

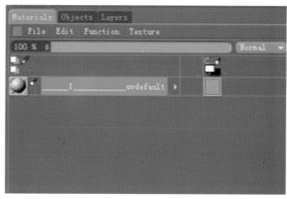

图9-3-2-20

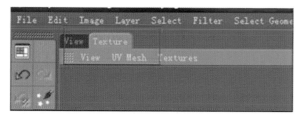

图9-3-2-18

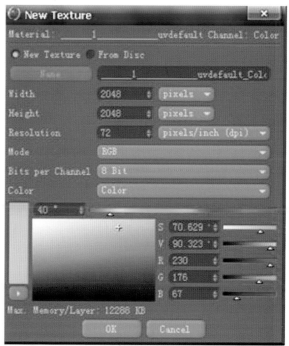

图9-3-2-21

图9-3-2-19

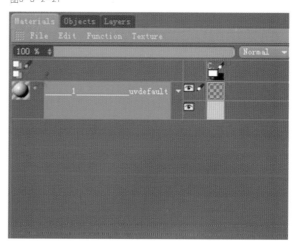

图9-3-2-22

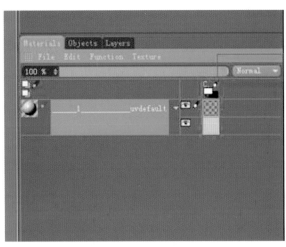

图9-3-2-23

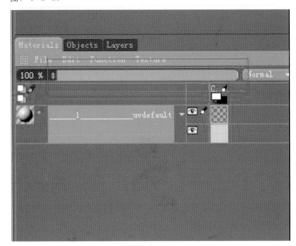

图9-3-2-24

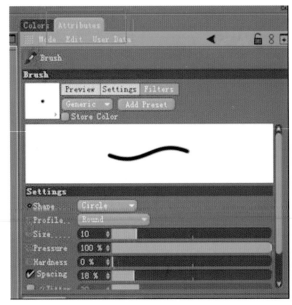

图9-3-2-25

点击Normal，各种图层的效果就出来了，排列顺序都跟PS是一样的。

图层的透明度。

删除图层右键点击图层Delete Layer，增加图层右键点击图层New Layer（图9-3-2-23、图9-3-2-24）。

下面我们讲解一下笔刷。

如PS一样，Bodypaint里面也有很强大的笔刷库，鼠标点击左侧工具栏，点击笔刷工具。右上角点击Attributes，笔刷就出来

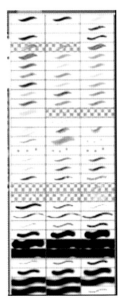

图9-3-2-26

了，可以选择你喜欢的笔刷，当然你也可以像在PS里一样导入你喜欢的笔刷。

这里我们需要铁皮上的划痕，所以经常用到几类笔刷，如图所示（图9-3-2-25～图9-3-2-27）。

笔刷的下面有很多的条条框框（图9-3-2-28）。

这里是很多笔刷的参数，如大小、浓度、扩散等，可以逐一试一下，以达到最好的效果。

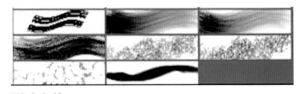

图9-3-2-27

图9-3-2-28

图9-3-2-29

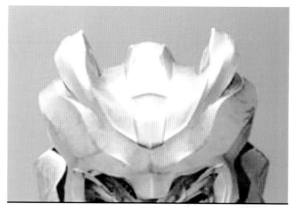

图9-3-2-31

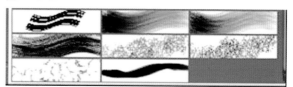

图9-3-2-32

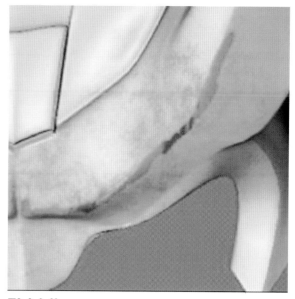

图9-3-2-33

有的初学者可能对Bodypaint里面的快捷键不适应，我们可以自己设置喜欢的快捷键。在窗口菜单（Window）下，布局选项（layout）下拉菜单中，找到命令管理器（command manager）选项（或者直接按快捷键Shift+F12），就可以自己设置了（图9-3-2-29）。

笔刷的快捷键跟PS里面差不多，大括号与小括号是放大缩小，我们还可以通过自定义快捷键来设置笔刷的快捷键为b，橡皮的为e。还可以通过空格键来移动，就像在PS里面一样，很方便。

下面讲解一下绘制变形金刚的刮痕等细节。

大家应该知道，汽车等机械的刮痕多受于外部，就是经常与外界接触的地方。而内部的机械划痕应该很少。

划痕的地方多分布于机械的棱角部分。

我们选择Bodypaint里自带的笔刷。用这个笔刷就能轻易地画出我们所需要的效果（图9-3-2-30、图9-3-2-31）。

由于汽车等机械类机器常年在外，身上难免充斥灰痕或者雨水冲刷的痕迹，Bodypaint里有相

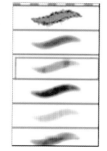

图9-3-2-30

应的笔刷，非常方便（图9-3-2-32）。

我们可以通过调节它的透明度跟效果通道来达到效果（图9-3-2-33）。

还可以用笔刷来绘制车锈的感觉（图9-3-2-34）。

新建一个图层，把图层通道设置为overlay，在模型上绘制便会有很好的效果（图9-3-2-35～图9-3-2-36）。

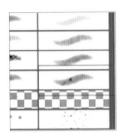

图9-3-2-34

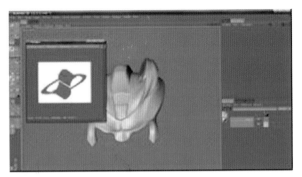

图9-3-2-39

诸如这样很多很多绘制刮痕与仿旧的笔刷在Bodypaint里，大家可以逐一地尝试一下，会发现很多很好又简单的效果，这里仿旧的绘制就说到这。

下面说一下在模型上贴至图片或图标的关键几点。

如何在Bodypaint里贴至图片（图9-3-2-37、图9-3-2-38）。

首先将模型倒入Bodypaint，分好UV，给予材质球，新建图层。然后导入你想贴至的图片（图9-3-2-39）。

Lighten
Screen
Color Dodge
Linear Dodge
Add

Overlay
Soft Light
Hard Light
Linear Light (Stamp)
Pin Light
Hard Mix

图9-3-2-35

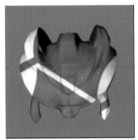

图9-3-2-41   图9-3-2-42

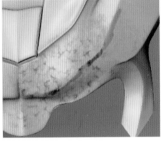

图9-3-2-36

图9-3-2-37

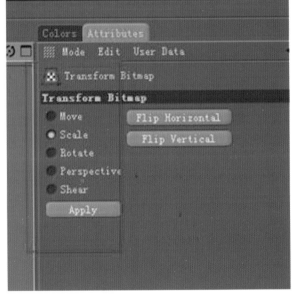

图9-3-2-43

图9-3-2-38

图9-3-2-40

点击Pictures对话框里的Edit（图9-3-2-40）。

点击Copy，然后Ctrl+V粘贴，图片自动附于模型上（图9-3-2-41）。

用鼠标左键拖至图片，然后缩小（图9-3-2-42）。

右上角有调试工具，放大、旋转、缩小等（图9-3-2-43）。

调试完毕后，回车出现对话框，点击"是"，图片贴至成功（图9-3-2-44）。

图片白色区域用橡皮擦工具擦掉即可，或导入PS修改。

当然做那种斑驳的效果跟这是一个道理，用图片叠加的方法，依然新建一个图层，然后讲所需要的图片导入。

然后按上述方法贴至模型上（图9-3-2-45、图9-3-2-46）。

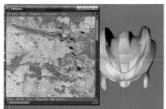

图9-3-2-44

图9-3-2-45　　　　　图9-3-2-46

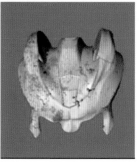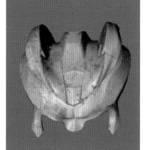

图9-3-2-47　　　　　图9-3-2-48

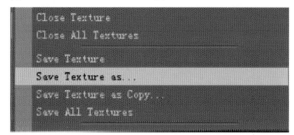

图9-3-2-49

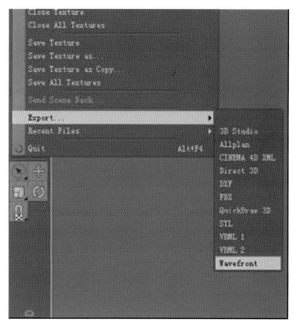

图9-3-2-50

通过正片叠底，叠加等方式调节你所需要的效果（图9-3-2-47、图9-3-2-48）。

下面说一下Bodypaint的保存图层跟模型的方式，如果是安装版本的话不用详细地说明，因为Bodypaint与Maya、Max可以相互调转，如果是免安装版的储存需要注意一些事项。

默认的保存方式Ctrl+S，Bodypaint会自动存储成两个文件，一个c4d格式，一个tif格式，下回继续画的时候直接打开c4d文件把tif文件附于模型即可。

单独保存贴图的话一般都存psd格式，因为在这里画完还需要到PS里修改一下效果跟颜色协调。

存储方法，左键点击File—Save Txeture as...后在对话框里选择psd即可（图9-3-2-49）。

导出模型，左键单击File—Export—wavefront，即可导出obj格式的模型（图9-3-2-50）。

最后的单帧渲染：

渲染单帧图片的软件有多种，这里我们着重的讲一个Keyshot这款软件，原因在于它简单，操作方便，而且实时渲染，渲染速度极快，效果也还不错（图9-3-2-51、图9-3-2-52）。

首先进入Keyshot界面，把obj模型导入。

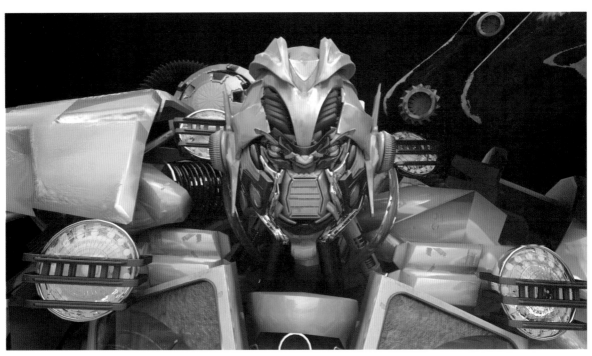

图9-3-2-51

图9-3-2-52

右键模型点击Move Object，调整模型坐标位置，点击Done确定（图9-3-2-53、图9-3-2-54）。

点击Materials给予模型材质（图9-3-2-55）。

这里面我给我的材质是Pearl或Metallic（图9-3-2-56、图9-3-2-57）。

里面我们也可以通过自己的设置来查看你所需要的材质，点击Group后的窗口，选择你所需要的材质，如各种金属、玻璃、胶皮等（图9-3-2-58）。

把在Bodypaint里绘制的贴图导成jpg格式直接拖拽到Textures，然后给予模型（图9-3-2-59）。

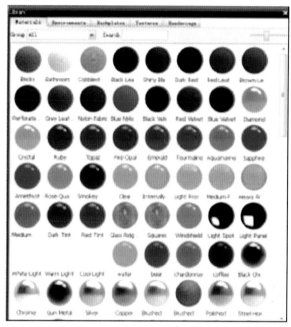

图9-3-2-55

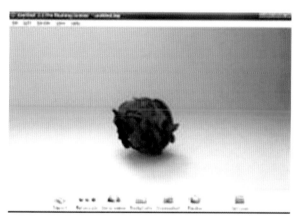

图9-3-2-53

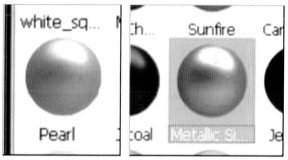

图9-3-2-56　　　　图9-3-2-57

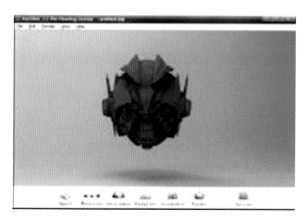

图9-3-2-54

图9-3-2-58

图9-3-2-59

点击Environments，给模型环境贴图（图9-3-2-60）。

这里我们也可以在网上下载hdr贴图放到里面，操作如下：

在Environments窗口下右键，点击Add files to library，然后找到你下载的环境贴图即可（图9-3-2-61）。

在Backplates里面是背景图片，也可以通过添加环境贴图的方式添加你喜欢的图片做模型渲染的背景（图9-3-2-62）。

这样就可以实时渲染了，存储方式为工具栏render—save screenshot，默认的存储目录为我的电脑—我的文档—keyshot—renderings。

点击Renderings也可以找到你所存储的图片（图9-3-2-63），也可以自己设置图像的大小，在工具栏render—render settings，弹出对话框（图9-3-2-64）。

设置完毕后点击render渲染即可。

下面是用Keyshot渲染的机器人的头部（图9-3-2-65～图9-3-2-67）。

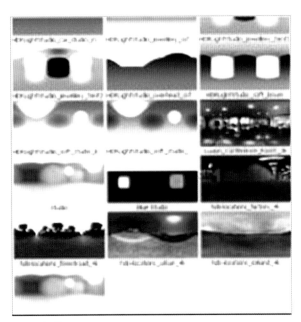

图9-3-2-60

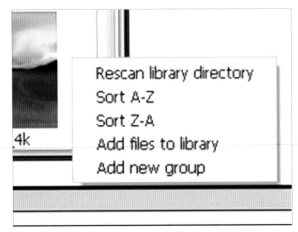

图9-3-2-61

图9-3-2-62

图9-3-2-63

图9-3-2-65   图9-3-2-66   图9-3-2-67

第四节 ///// 游戏中骨骼与动作制作过程

提起三维游戏宣传片大家都会想到好多自己喜爱的作品，您也许最容易想到的就是魔兽世界了，游戏的片头动画设计与制作十分出色，给人以强烈的视觉震撼。当今时代，新兴的三维技术在各行业发挥得淋漓尽致，下面为大家介绍什么是三维动画。

三维动画又称3D动画，是近年来随着计算机软硬件技术的发展而产生的一种新兴技术。三维动画软件在计算机中首先建立一个虚拟的世界，设计师在这个虚拟的三维世界中按照要表现的对象的形状尺寸建立模型以及场景，再根据要求设定模型的运动轨迹、虚拟摄影机的运动和其他动画参数，最后按要求为模型赋上特定的材质，并打上灯光。当这一切完成后就可以让计算机自动运算，生成最后的画面（图9-4-1）。

前几章中我们提到如何制作变形金刚，早期的变形金刚动画片奠定了不少年轻人对艺术追求的基石，正是受变形金刚的影响他们才踏上了学习动画的旅程。

下面我们要制作一段变形金刚的变形动画，是空调变形。先在墙上做360度翻转然后落地（图9-4-2~图9-4-6）。

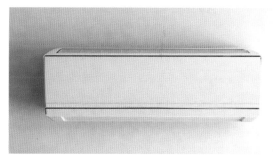

图9-4-2

图9-4-1

图9-4-3

图9-4-4

首先我们需要准备三套模型，变形前我们展示的是空调模型，变形开始在瞬间切换成拆分的空调模型，然后通过零件的逐个替换变形成变形金刚，变形金刚的变形就如同魔术一样利用前面的物体对后面物体遮挡与变换，让肉眼无法发现其破绽。接下来就为大家揭秘变形金刚变形的"魔术"。

图9-4-5

图9-4-6

一、制作骨骼动画

在前几章介绍了变形金刚模型的制作。在这里我们为变形金刚绑定骨骼，选择前视图在创建面板下选择系统——Biped，视图内拉动鼠标，创建Biped骨骼（图9-4-7、图9-4-8）。

图9-4-7

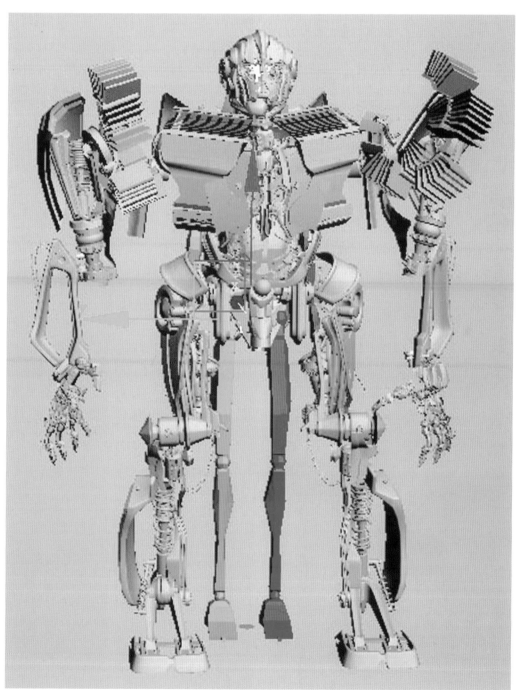

图9-4-8

选择变形金刚模型，为模型创建集合，空调模型同样方法创建集合（图9-4-9）。

选择变形金刚集合，右键选择属性。将冻结和透明显示勾选（图9-4-10、图9-4-11）。

进入运动面板，选择Structure将参数设置如图（图9-4-12、图9-4-13）。

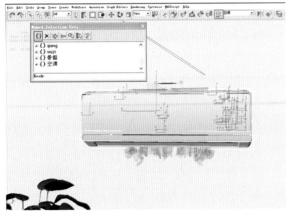

图9-4-9

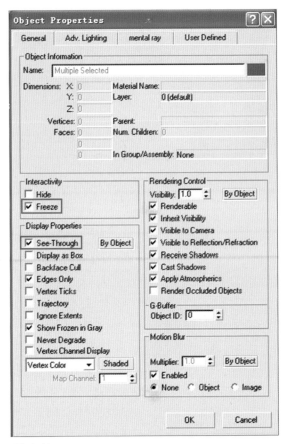

图9-4-11

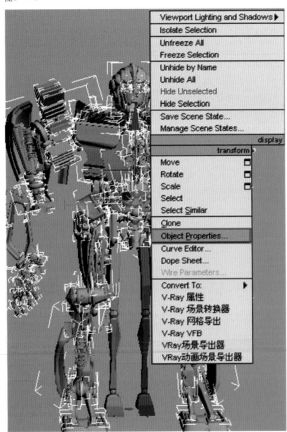

图9-4-10

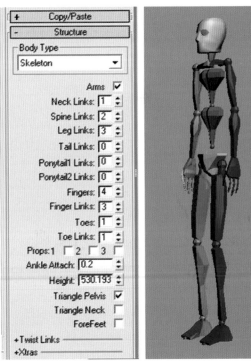

图9-4-12　　　　　　图9-4-13

选择物体中心轴对位到变形金刚胯部的轴承位置，这里的对位非常关键。如果有出入，那么在骨骼绑定后，变形金刚将无法正常运动（图9-4-14、图9-4-15）。

在骨骼编辑模式下将各个部位进行对位，先对准胯部，然后腿和腰部，最后对齐手和头（图9-4-16～图9-4-19）。

双击右侧我们刚刚制作的腿部骨骼，Biped骨骼只需要双击大腿骨骼受子父关系的影响就会自动选择小腿和脚的骨骼。进入Copy面板如图

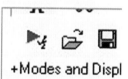

图9-4-14

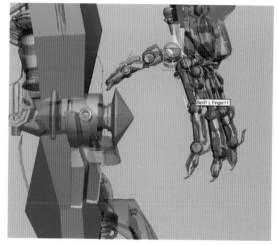

图9-4-17

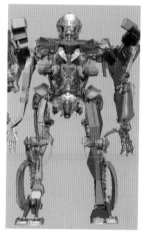

图9-4-18　　图9-4-19

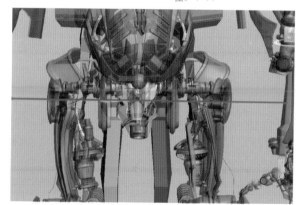

图9-4-15

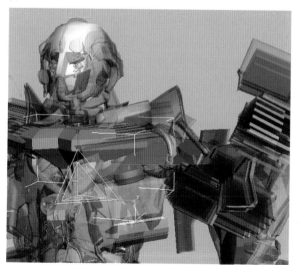

图9-4-16

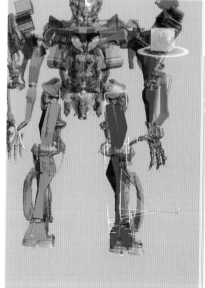

图9-4-20

将骨骼复制到左面,手臂骨骼同理(图9-4-20、图9-4-21)。

这里骨骼基本制作完成,取消骨骼编辑模式,

由于机器类的模型不会产生扭曲效果,所以不需要对变形金刚添加蒙皮修改器,只要用父子绑定将模型零件绑定到骨骼上即可(图9-4-22)。

开启关键帧记录,拾取中心轴移动工具,将骨骼和空调对位(图9-4-23、图9-4-24)。

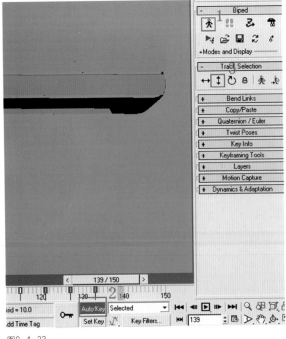

图9-4-21

图9-4-22

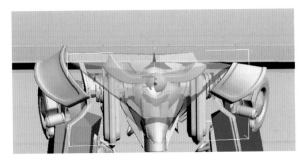

图9-4-24

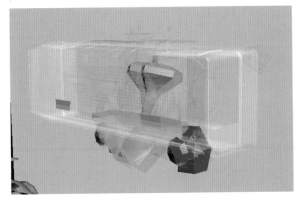

图9-4-25

图9-4-23

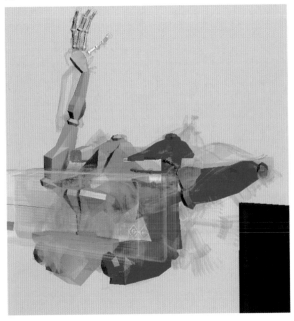

图9-4-26

由于变形金刚是在空调拆分开始出现在画面中，所以我们要把变形金刚"装进"空调里面。调整各部位骨骼将他们隐藏在空调和墙的后面（图9-4-25、图9-4-26）。

打开Auto Key，右键点击下图中的三角箭头，将设置更改（图9-4-27）。

将骨骼调整好位置后，开始制作骨骼的动作。选择229帧，在运动面板下选择Key Info。点击红色按钮，为骨骼记录关键帧。

接下来调整骨骼的动画，首先在233帧变形金刚的左手支住墙，并抬起左肩，247帧右手开始支墙，并抬起右肩。在250帧到260帧之间，脑袋从背后弹出。266帧右脚开始支墙，280帧时左脚支墙，同时身体弹出。293帧手掌支住柜子。接下来身体弹起，180度旋转，312帧双脚落地。322帧做右胳膊后拉姿势，335帧以一个中国功夫的姿势结束变形金刚的动作。335帧以后可以模拟真人的呼吸动作对骨骼进行调整，使变形金刚更接近真实化。

在手掌或脚对地面和墙体有支撑的时候要使用踩踏关键帧（图9-4-28～图9-4-35）。

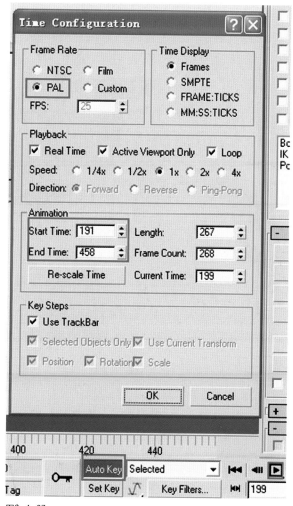

图9-4-27

图9-4-28

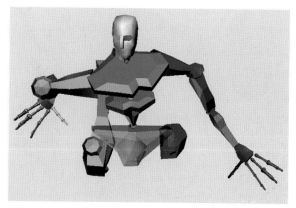

图9-4-29

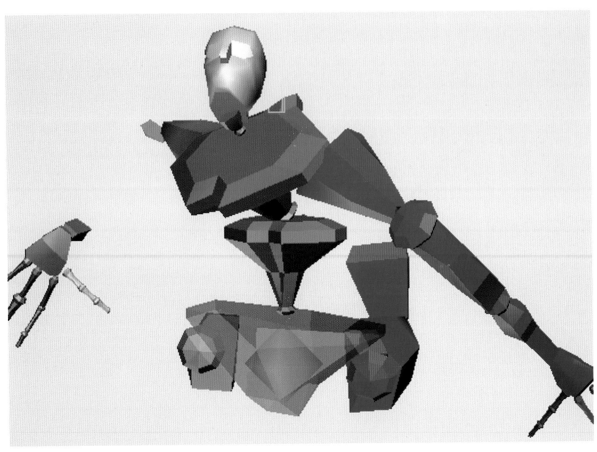

图9-4-30

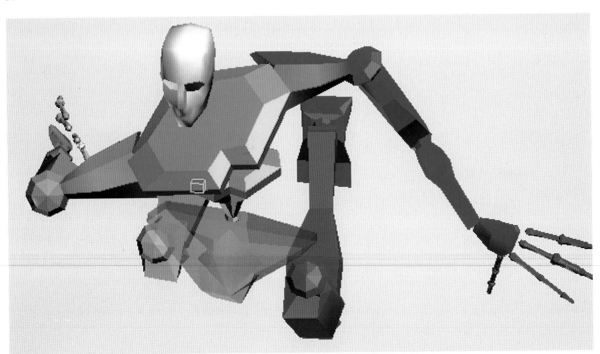

图9-4-31

图9-4-32

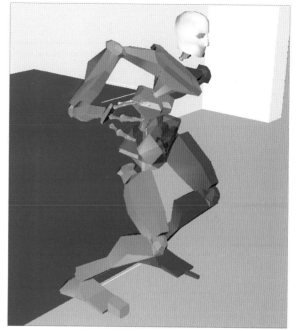

图9-4-33

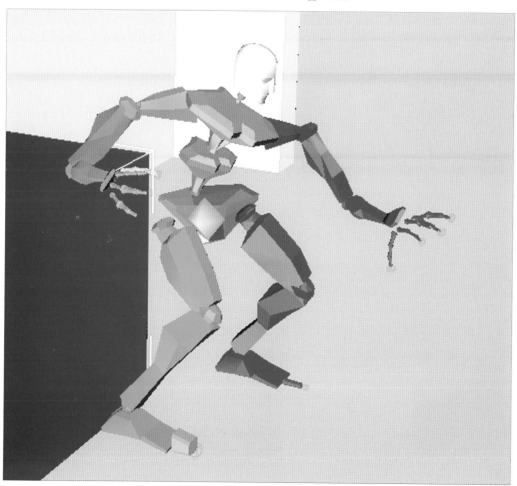

图9-4-34

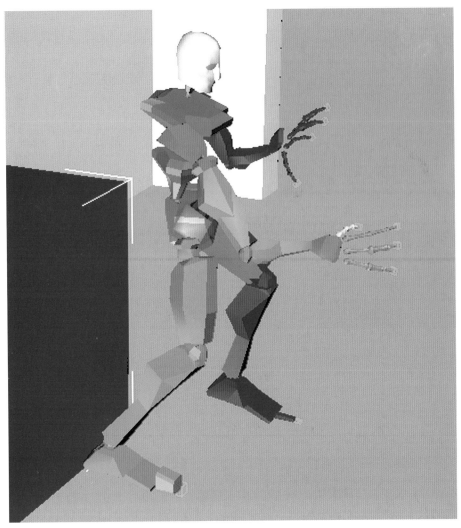

图9-4-35

二、制作变形动画

　　下面开始制作空调的变形过程，前面已经说过空调的变形原理，我们需要对零件逐个替换。

　　首先复制出空调模型，将空调模型拆分。并为

拆分的空调创建集合（图9-4-36、图9-4-37）。

　　由于空调变形是在200帧开始时，所以要在200帧之前显示原空调模型，从200帧开始替换成拆分的

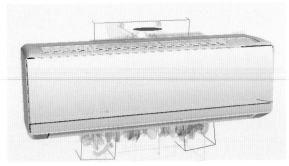

图9-4-36

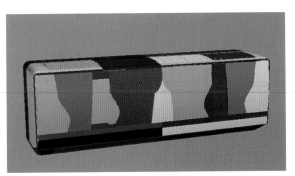

图9-4-37

空调模型。

选择空调集合，插入关键帧，进入属性面板，将Visibility调整为1（3DS MAX的透明度显示1为完全显示，0为隐藏物体）。再将时间轴拖动到200。将模型透明度调整为0。同理，选择拆分的空调模型，在199帧透明度设置为0，在200帧设置为1（图9-4-38）。

这样模型就替换完成，短短的一帧差别在影

片里是无法察觉的。即使逐帧播放也会是天衣无缝（图9-4-39、图9-4-40）。

选择变形金刚模型，将变形金刚模型在230帧之前隐藏，并且调整零件位置，将前胸盖等零件大概对位到空调上（图9-4-41）。

零件的替换其实非常简单，只需要将零件飞到需要替换的零件前，两个零件相互交错时将原零件隐藏。以前胸盖为例，在212帧向前飞起，227帧向上运动，257帧回到前胸位置，258帧零件消失，替换为变形金刚前胸（图9-4-42~图9-4-45）。

变形过程当然还需要零件的相互遮盖，意思是前面的零件遮盖住要变出来的零件，以头部为例，243帧之前，头在后背部位。253帧左右头部弹起，

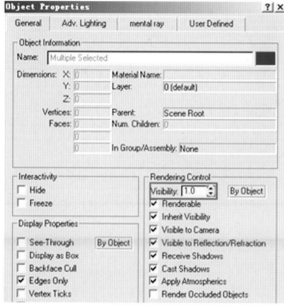

图9-4-38

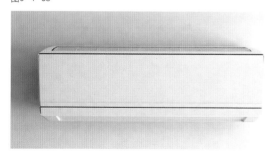

图9-4-39

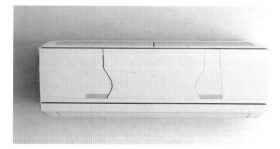

图9-4-40

图9-4-41

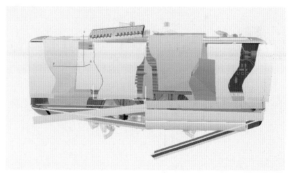

图9-4-42

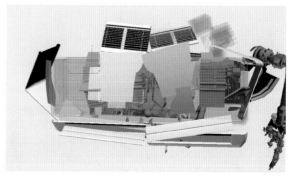

图9-4-43

图9-4-44

图9-4-45

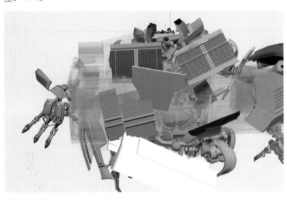

图9-4-46

图9-4-47

图9-4-48

361帧完成头部变形（图9-4-46～图9-4-48）。

变形金刚的变形过程其实很简单，只需要我们理解就一定能做到，在这里就不多说了。

三、材质与灯光的制作

下面我们开始制作变形金刚的材质，材质的好坏直接影响着最终成片的质量，因此我们需要多花些时间进行材质的制作。

VRay渲染器的功能非常强，虽然算不上当今最好的渲染器，但却是最大众化的渲染器。这里的渲染我们选择用VRay制作。

首先创建四盏灯光，在顶视图选择创建Lights，在修改器列表选择VRay，点击VRay灯光。在视图内拉动（图9-4-49、图9-4-50）。

灯光参数从左至右依次如图（图9-4-51～图9-4-56）：

按F10键，设置V-Ray参数，在Common下选择Assign Renderer.在Production下选择V-Ray渲染器（图9-4-57）。

参数设计如图所示（图9-4-58、图9-4-59）。

下面我们开始制作材质，按键盘的M键打开材质编辑器，选择一个空白材质球，点击Standard按钮然后选择Blend，点击Material1，点击Standard选择VRayMtl，点击贴图卷展栏，点击漫反射后面的None按钮，选择Bitmap，选择我们需要的贴图，这里我们可以去网站找也可以自己画，我们采用这一款贴图（图9-4-60～图9-4-64）。

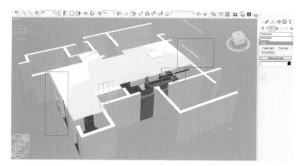

图9-4-49

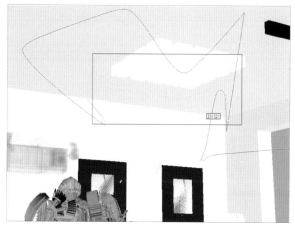

图9-4-50

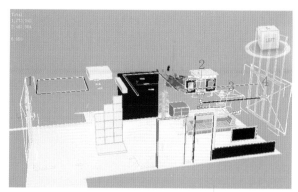

图9-4-51

图9-4-52

图9-4-53

图9-4-54

图9-4-55

图9-4-56

图9-4-57

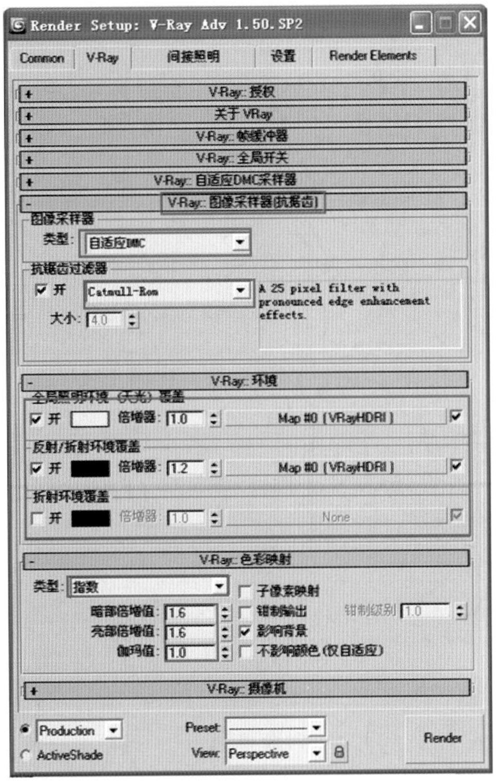

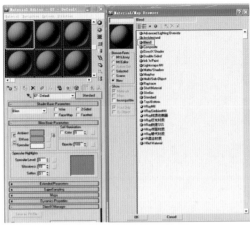

图9-4-60

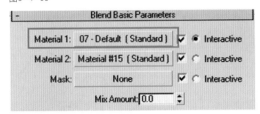

图9-4-61

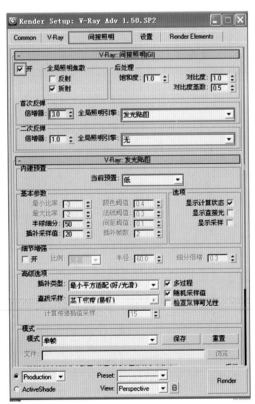

图9-4-58

图9-4-59

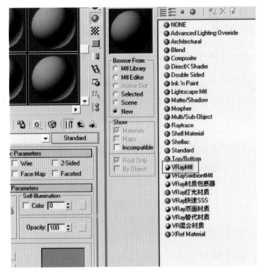

图9-4-62

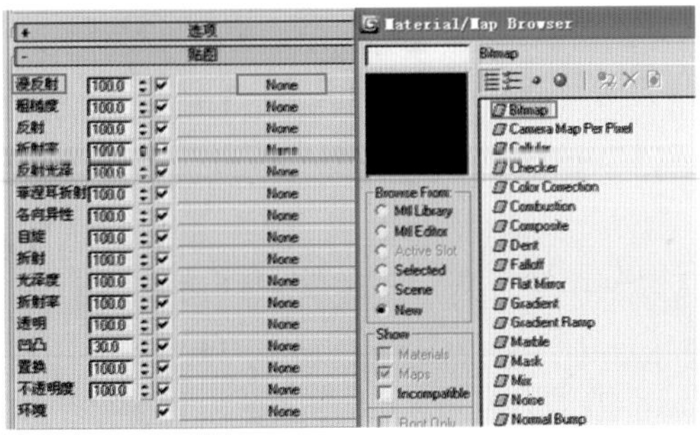

图9-4-63

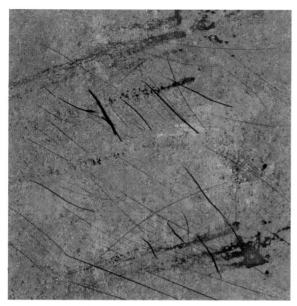

图9-4-64

选择凹凸选项和上面的方法一样，要注意凹凸值设为-35。

然后点击█返回再选择Material2，点击Standard选择VRayMtl。

设置参数如图1-34所示（图9-4-65）。

选择贴图中的凹凸，凹凸值设置为25，如图所示，我们采用这张贴图（图9-4-66）。

点击█返回到Blend Basic Parameters选择Mask后面的None按钮，和上面的方法一样，选择Bitmap，选择需要的贴图，我们采用如图所示的贴图（图9-4-67）。

我们这个材质球就制作好了，将此材质球赋予场景中的物体，如图所示（图9-4-68）。

我们在制作其他材质球时与此相同（如图所示）（图9-4-69）。

我们把这个材质球赋予场景物体，如图所示（图9-4-70）。

下面我们制作眼睛的材质，参数如图所示（图9-4-71）。

依此类推，空调的材质参数设置如图所示（图9-4-72、图9-4-73）。

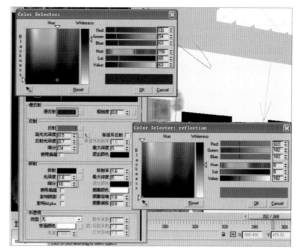

图9-4-65

图9-4-66

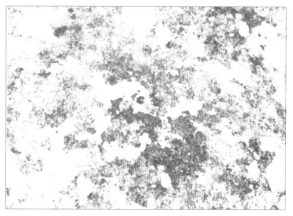

图9-4-67

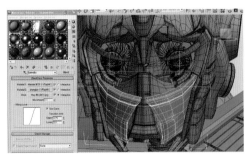

图9-4-68

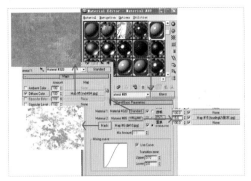

图9-4-69

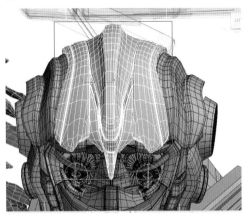

图9-4-70

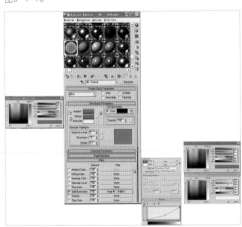

图9-4-71

图9-4-72

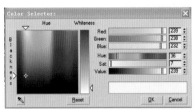

图9-4-73

[复习参考题]

◎ 制作一个跑动的游戏角色。要求：骨骼、动作绑定正确。设定合理的人物运动轨迹、虚拟摄影机的运动和其他动画参数，最后按需要为角色赋予特定的材质，并打上灯光。

第十章　游戏角色制作的基础知识与制作规范

本章重点》

数字游戏发展至今，三维数字游戏画面已经越来越接近离线渲染的三维数字动画作品了。这期间起到关键作用的就是次世代游戏制作技术。目前这一技术还只限于视频游戏制作中，但在不久的将来一定会在网络游戏中普及。而且学习制作数字游戏，光靠实践是远远不够的，同样需要坚实的基础理论作为后盾。否则在一个制作团队合作中就无法胜任更加有创造性的工作。因此游戏制作的基础理论是极为重要的。本章我们就来讲讲在游戏角色制作过程中有哪些需要了解的理论和值得注意的事项，同时向大家介绍一下次世代游戏模型的制作理论与次世代游戏制作法线贴图的绘制。

学习目标》

了解并掌握数字游戏制作过程中的基础理论和需要注意的事项，同时精通次世代游戏制作法线贴图的绘制。

建议学时》

32学时。

第十章 游戏角色制作的基础知识与制作规范

图10-1 8028三角面

图10-2 18450三角面

图10-3

图10-4

第一节 ///// 游戏角色建模过程

一、头部的创建

建模没有固定的规则，有很多的方法，每人都可以采用自己认为舒适的方法，下面是一些我知道的方法：

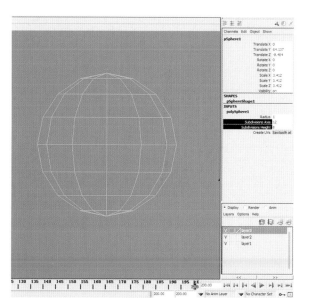

图10-1-1

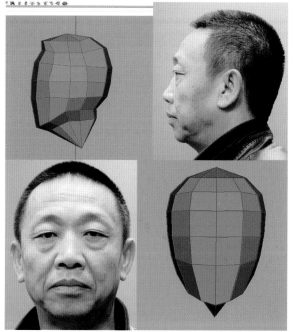

图10-1-2

1.创建一个Sphere，将其经线和纬线的段数改为12/8（图10-1-1）。

2.按照参考图片将Sphere改为（图10-1-2）的样子。进一步地刻画，在模型上确定眼睛的大体位置。调节眼睛位置以及挤压出鼻子的形体（图10-1-3、图10-1-4）。进一步调节，确定嘴的位置

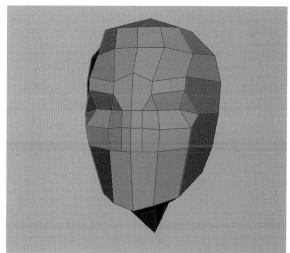

图10-1-3

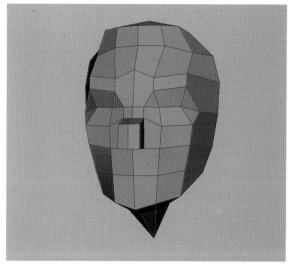

图10-1-4

图10-1-5

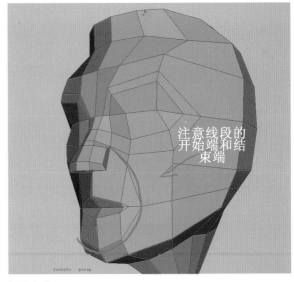

图10-1-8

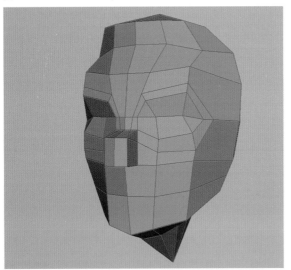

图10-1-6

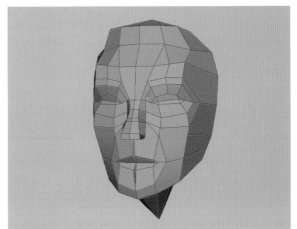

图10-1-9

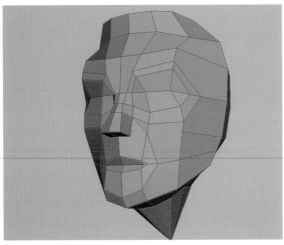

图10-1-7

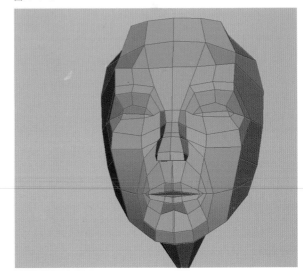

图10-1-10

（图10-1-5、图10-1-6）。在模型上刻画出嘴的大体形状，需要注意的一点是围绕嘴部的线要从鼻翼段开始（图10-1-7～图10-1-10）。基础的模型制作完成后，下一步进行细致的调节，这个环节最花时间，但却是最重要的一步，它关系到模型和参考图片像不像，但像与不像是建立在结构准确的基础上，要从大的结构出发，先大结构后再局部结构，就和我们画头像一样先从大结构出发然后细节的刻画。最后调节成如图（图10-1-11）。

我们既要在面数上有所控制，又要在细节上不能丢失太多。所以模型要精确到每个点，少一个点就影响结构精准程度与严谨性。

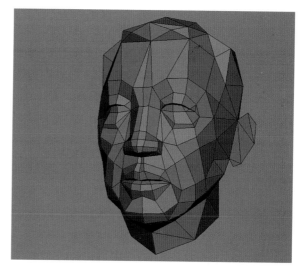

图10-1-11

二、身体的创建

身体相应头部来说要简单一些了，因为在游戏中贴图起的作用是非常关键的，但是简单不代表好做，要考虑的因素太多了，首先要考虑身体结构、高矮胖瘦，还有衣服的材料、款式等。

下面我们开始做上身（图10-1-12）。

上半身从一个BOX开始在BOX上切割出胳膊的位置（图10-1-13）。调节好位置然后进行挤压，做身体上的衣服，那其实就和做身体一样，衣服是附在身体上的，如果衣服是那种紧身的，那么它和身体的结构是几乎一样，我们做的时候就要考虑肌肉的穿插和骨点等。身体的正面要注意胸大肌的大小、位置、形状、胸骨的交叉和胳膊的穿插（图10-1-14、图10-1-15）。背面主要有肩胛骨、背阔肌、臀部的一些穿插（图10-1-16、图10-1-17）。接着创建模型，用挤压工具把胳膊挤压出来（图10-1-18、图10-1-19）。用现有的点调节出胳膊上肌肉的大体形状，因为受面数的影响我们不可能对胳膊上的所有肌肉进行模拟，选出最主要的，包括上身的结构，这里我们不能考虑得面面俱到，我们主要把胸大肌和背阔肌注意到，最后修改如图（图10-1-20）。接着往下做，下半身结构同样的复杂，但我们要学会取舍，因为我们的角色穿着裤子，所以好多身体上的结构我们不用去考虑，我们只考虑肌肉对裤子的影响最明显的地方就行了。我们先制作出腿的大概形状（图10-1-21、图10-1-22）。

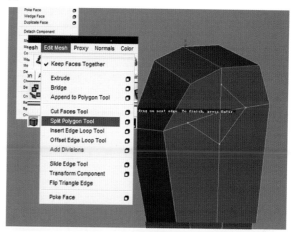

图10-1-12

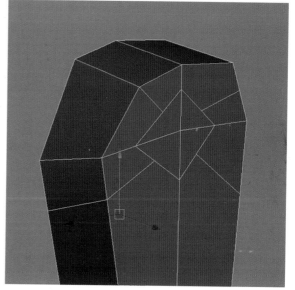

图10-1-13

图10-1-14

图10-1-15

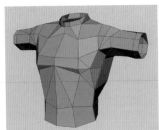

图10-1-20

图10-1-21

图10-1-16

图10-1-17

图10-1-22

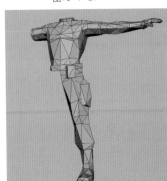

图10-1-23

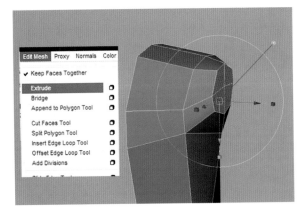

图10-1-18

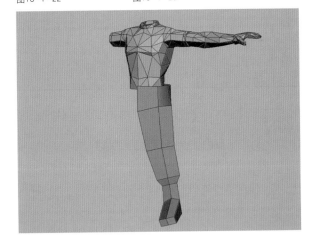

图10-1-24

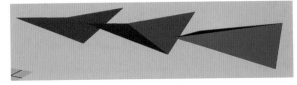

图10-1-25

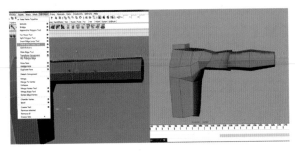

图10-1-19

图10-1-26

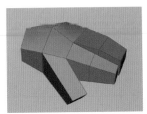

图10-1-27

要注意的一点是在活动的关节位置最少要有两到三条线支撑，为避免以后创建动画出现不必要的麻烦（图10-1-23）。显示出身体确定比例关系。最后调整成如图（图10-1-24）。

在这里需要说明的是游戏设计中都用的三角面，不是为了好看而用的三角形面，是因为一个四边形面如果对角上的两个点和另外两个对角上的两个点不在一个平面上，那么这个四边形它是凹的还是凸的不能确定，所以需要有一条对角线去确定他的凹凸。如图10-1-25。

三个片是同一个模型中间对角线方向不同导致了三个的形态不同（图10-1-26～图10-1-28）。

这是手的制作步骤，因为有限制我们只能做两个独立的手指，因为到游戏里这两个手指上是有动作的。

我们把做好的部分连接在一起，把附件也加上去，最后完成模型部分（图10-1-29）。对模型最后的调整，特别注意的是人体的比例。做完这个发现面数超出了游戏引擎所支持的，还要进行减面。

减少面数的原则：

1. 不动影响形体的面。

2. 关节部分的线必须保证在两到三条。

3. 能用贴图代替的用贴图代替。

4. 剪掉看不见的面。

做好后我们该进行下一步的操作，对模型的UV进行拆分（图10-1-30）。或者结合MAYA2009一项新增的功能（图10-1-31、图10-1-32）。UV编辑器中的TOOL中的SMOOTH UV TOOL，选择是上要编辑的UV点用SOOMTH 工具会出现两个选项如图，1 UNFOLD 2 RELAX 在UNFOLD上按鼠标左键左右拖动可以展开UV。RELAX是在SMOOTH工具失效的时候按鼠标左键进行拖动，然后再拖动SMOOTH可以继续展开，两个工具是交互着用，直到你认为展好了为止。

以头为例：

具体步骤（图10-1-33、图10-1-34）：

选择我们要展开的面，然后进行平面映射，注意

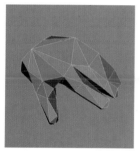

图10-1-28　　图10-1-29

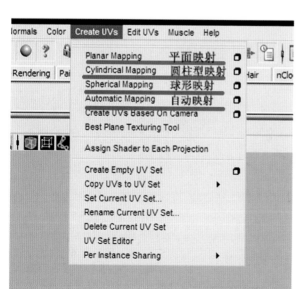

图10-1-30

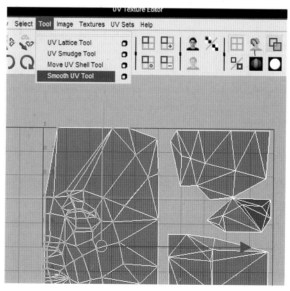

图10-1-31

的是映射平面的轴向（图10-1-35、图10-1-36）。

得到如图的ＵＶ然后用我们上边说的SMOOTH UV TOOL工具进行展开，得到如图。

在这需要说明一点的是，因为我们的模型左右是对称的而且在设计这个角色的时候左右的贴图也是对称的，所以我们只需要模型一半的ＵＶ就可以了，另一半和现有ＵＶ放在一起就行。我们要得到左

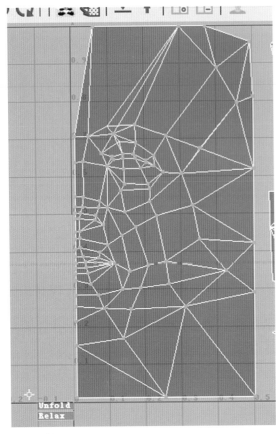

图10-1-32

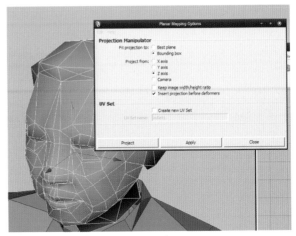

图10-1-34

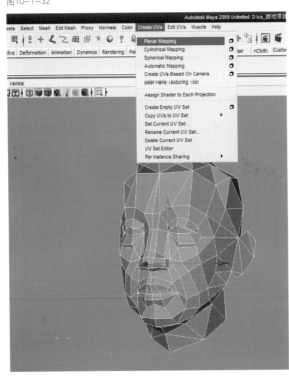

图10-1-33

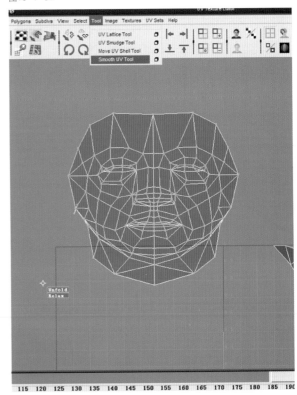

图10-1-35

右对称的UV，那么在展开的时候我们还是整体去展开，然后删掉一半的模型，在编辑好UV后我们再镜像出另一半就可以了。这样另一半的UV和展开的那一半是重复的（图10-1-37）。其他的部分，

展开的方法相同，最后展开如下（图10-1-38）：身体的其他部分展开方法一样，但在映射的时候需注意，说明时候用平面的说明，用圆柱的根据实际情况而定。需要自己反复地琢磨。最后展开如图（图10-1-39）。然后对两张UV输出在Photoshop中进行绘画，而头部我们可以借助其他软件进行绘画。因为我们有模型本人的照片，可直接用照片生成贴图。

这里我们用Bodypaint制作脸的贴图。具体步骤（图10-1-40）：

输出头部为OBJ格式。导入到Bodypaint中选择"打开"找到我们输出的tou.obj打开（图10-1-41）。

我们已经做了一张贴图了，现在我们只需把照片导入软件了（图10-1-42、图10-1-43）。

这样我们就做好了脸的部分贴图，其他的用相同的方法做出来，要注意的是在做侧面的时候要新建一个图层，这样方便我们在Photoshop中进行修改（图10-1-44）。然后输出贴图为Photoshop文

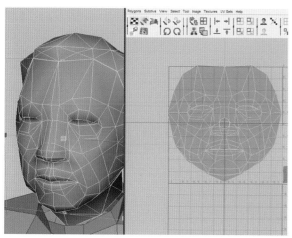

图10-1-36

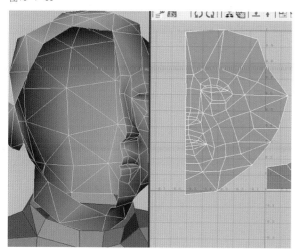

图10-1-37

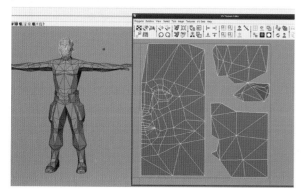

图10-1-38

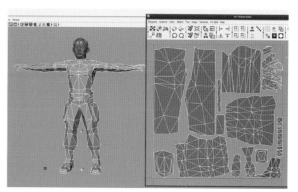

图10-1-39

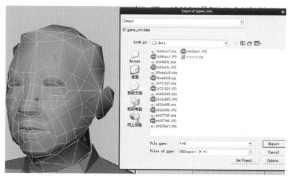

图10-1-40

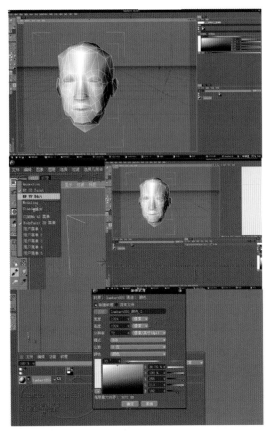

图10-1-41

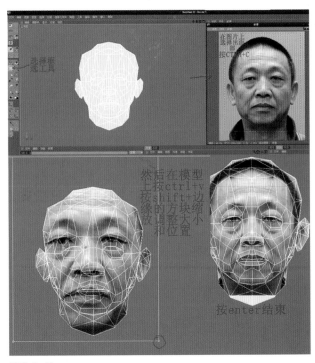

图10-1-43

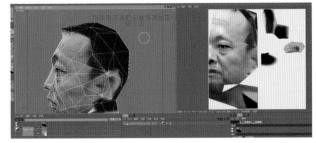

图10-1-44

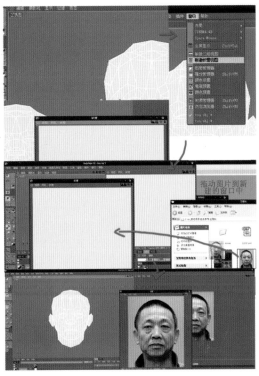

图10-1-42

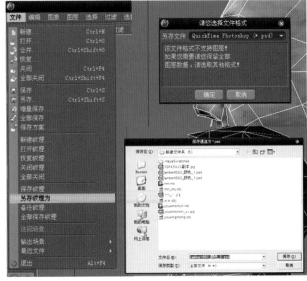

图10-1-45

件（图10-1-45）。在Photoshop修改为完成（图10-1-46）。身体的其他部分，我们用Photoshop结合素材绘画完成，如图（图10-1-47）。

最后我们把绘制好的贴图贴到Maya中（图10-1-48）。

这样我们的游戏角色就制作完成了。然后我们把他用一些软件，加载在游戏中去，我们的角色就可以在游戏里活蹦乱跳了（图10-1-49）。

图10-1-46

图10-1-48

图10-1-47

图10-1-49

第二节 //// 次世代游戏模型制作（提高篇）

随着电脑和各游戏主机硬件的不断提升，法线技术也可以在各游戏引擎中大范围地应用了。越来越多的游戏制作人把目光投入到次世代游戏上，运用法线技术可以真实地还原真实物体的质感、光源和环境效果。自然而然的法线技术在游戏领域中迅速地发展和壮大。下面我们来从一个实例学习次世代的流程。

首先我们运用三维软件来塑造我们想要的概念图10-2-1。

可以看到我们在出概念图的时候通常上边会有很多的细节，如果我们完全用三维软件把所有细节都表现出来的话，那结果这模型是进入不到游戏引擎里边的，因为游戏引擎所能承载的面数是有限的。即使是单机游戏的主要角色的面数也不可能超过3万面（三角面），但是我们表现出上图那些必要的小细节最少也要5万面（三角面）。

下面我们来看下通过三维软件来塑造的三维模型（图10-2-2）。

我们在塑造模型的时候要科学地把整个身体分为几个部分，比如身前的盔甲就需要和身体分开建模（图10-2-3）。

在表现次世代模型的时候要注意几点，首先我们是要用法线表现细节，所以模型上尽量要让模型每个角度看上去都不能有看不到的面，比如说小于90°角的转折面。要让每一个面都表现在人们的眼睛里，这样做是因为法线的角度问题，如果面数小于了90°转角，那会出现贴上法线以后黑黑的不正

图10-2-1

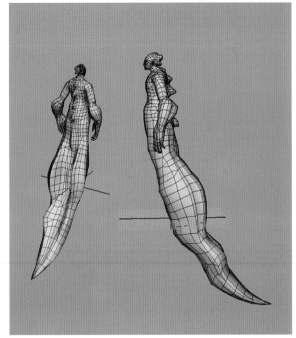

图10-2-2

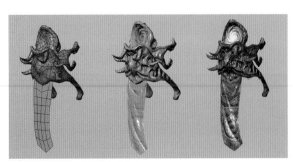

图10-2-3

确的效果。

其次我们表现次世代模型的时候不会像以前表现模型结果那样，是通过用线勒住形体来表现模型的形状，因为我要通过zbrush来塑造形体，并且除了外形轮廓的大型体和小细节，我们都可以通过法线贴图来表现，所以我们布线的时候要在正确的表现形体的情况下尽量让线均匀并且连续。不去用线来特意地勾勒形体。一定要均匀连续。这样做是因为我们模型上会用zbrush软件里法线表示，模型的大结构上会比较轻松，那样就尽量把后期的工作量降低。如蒙皮，提高整个游戏进度，当然这一点也会根据项目要求有所不同。

基础模型做好以后，我们就可以开始运用zbrush来塑造高精度模型了。这是一个相当有趣的过程，并且每次在高精度模型的制作中不断提高对形体的掌握能力。当然运用zbrush之前我要有一块手绘板。

在zbrush中我们掌握几个重要的笔刷（图10-2-4）。

图10-2-4

Standar是基本笔刷，我们通常用的笔刷就是这个，所以第一时间熟悉它，move用来调整大型，相当于基础软件中的软选择命令。Smooth笔刷是用来平滑我们画出来太明显的命令。按Shift就可以自动拾取这个笔刷，后三个笔刷里按照不同需求可以做出很好的效果。尤其是clay笔刷在塑造肌肉的时候很好用。

这几个是我们着重了解的基础笔刷。应该最先熟悉。

进行刻画的时候我们应该遵照从低到高的过程，必须在低级别里把表达的东西全都表达出来再进行下一级别的刻画，这样可以有效地防止破面的情况，也可以更好地理解zbrush面数的控制。

刻画的时候要多想多看，有不理解的地方可以找来实物，或者在网络上搜索资料进行观察和理解，争取做到能更好地理解形体，然后再进行刻画，这样对提高自己有很大的帮助。

通过刻画我们会得到一个和我们原画差不多的高精度模型（图10-2-5）。

图10-2-5

得到了高精度模型后，就可以进行法线的烘焙了。但是烘焙前我们要清楚，一开始的低模是否还能用，因为我在塑造高模的时候有些地方改变形状，跟低模相差很大，这样我要得到一个正确的低模就需要对原先低模进行更改，或者进行拓扑得到

图10-2-6

图10-2-7

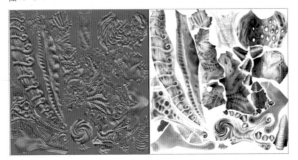

图10-2-8

一个低模，这里我们因为时间的关系只用更改低模的方法。先在zbrush里导出一个三级的模型出来，然后导入三维软件里和低模进行匹配，在外形上得到一个近乎一样的低模。

第二步就可以进行对低模分UV。分UV有很多软件，我这里主要运用的是unfold3d，这个软件很好用，我首先在基础软件里进行UV的分割，然后导入到unfold3d里进行展UV，只按一个按钮就可以解决分UV的问题（图10-2-6）。

分好UV就可以进行烘焙了，这步实在是令人激动的时刻，因为到这步就能初见成果，也就完成了三分之二。

三维软件里都会有烘焙的功能，我这里用的是xnorma（法线贴图插件），因为这个软件非常快，并且质量上也过得去，最主要的是这个软件是免费软件（图10-2-7）。

把高精度模型和低模型都相对导入进去，然后设置Cage，就可以烘焙出法线贴图和AO贴图了。如果需要细节贴图也可以烘焙出来。

Cage可以在加载相对应低模以后，在3d viewer里进入xnormal的引擎里进行设置。

烘焙出的贴图（图10-2-8、图10-2-9）。

从得到的效果上可以看出来，在低模上已经有了和高模一样的效果和明暗关系。

这就是次世代的神奇之处。

最后一步就是进行颜色的绘画，基本上普遍的传统手绘做法差不多，唯一不同的是不用考虑模型上明暗关系，只要注重于质感的制作就可以了。可以用手绘基本颜色然后叠加材质，也可以直接做材质再进行细节颜色绘画，颜色贴图的制作上没有绝对的方法，每个人做的步骤也是多种多样。我具体的做法是先进行基本颜色的铺垫，然后叠加材质，最后进行深入刻画细节。因为材质上有很多的细节纹理，这在我们对角色进行细化有很好的作用，里边可以借助很多偶然性，得到非常好的效果。下面是绘制完成的颜色贴图（图10-2-10）。

颜色贴图做完以后，可以用来继续做高光贴图，步骤是对颜色贴图进行去色，然后对每个部分的材质进行明暗对比度的调整。对比度是个重要的

概念。我们知道金属的高光强烈，布纹的反光不强烈。所以我们在调整的时候就可以针对不同质感进行表现。

如图（图10-2-11）

最后我们要做的是自发光贴图，自发光贴图可以让角色上有光感体现出来，对于角色能增加很多真实性（图10-2-12）。

贴上所有贴图的效果（图10-2-13）。

绑完骨骼以后就可以进行动画了，这样我们就完成了一个完全能应用在游戏引擎里的次世代模型，面数是一万（三角面），可以应用在所有支持法线的引擎里。

图10-2-9

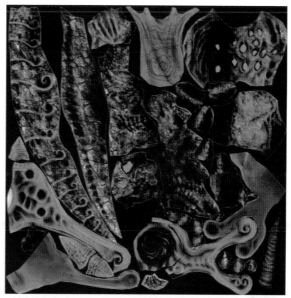

图10-2-11

图10-2-10

图10-2-12

图10-2-13

◎ 制作一个游戏角色的头部与人体的躯干。要求：注意角色比例和肌肉骨骼的描绘，头部骨骼和面部的制作，尤其是面部口轮匝肌和眼睛周围肌肉的描绘，肌肉的胸大肌的大小、位置、形状、胸骨的交叉和胳膊的穿插及布线的合理性，控制好面段数。并对模型的UV进行拆分和法线贴图的制作。

常用网络游戏术语的中英文对照

常用网络游戏术语的中英文对照

表达语气的常用符号：:D ／ :) ／ @_@ ／ ^_^ ／ :P

AC — Armor Class，盔甲等级、级别

Account — 账号，与密码Password相对

Add — 一个玩家加入到组队中，如果请求别人组队，可说Add me pls.

AOE — Age of Empires，区域作用魔法，指的是一个可以伤害一个区域中的一群怪物的魔法，即所谓的群攻，现并非魔攻专用

AE — Area Effect，区域作用伤害

AFK — Away from Keyboard，暂时离开(键盘)，意味着玩家暂时不再操控游戏角色，通知其他玩家注意

Aggro — 指一些敌对、主动攻击的怪物，当角色接近它时，它会试图攻击角色，这种行为成为Aggro

Aggro Radius — 怪物周围的区域，进入它意味着怪物会"苏醒"并主动攻击你

Agi — Agility的缩写，意为敏捷，多指代游戏中角色的属性

Avatar — 你的角色，互联网中常用来指头像，如论坛中的会员头像等

Beta — 游戏的测试

Bind (Bound) — 重生复活点

Boss — 游戏中的终极怪物，通常各个级别段都有不同的Boss，中文里可以称为大王、老头儿等

Buff — 主要指辅助类角色为别人施加的有益状态，通俗的说法就是"加状态"，典型的如增加防御、回血速度、躲避率

Bug — 游戏中的漏洞

Carebear — 喜欢帮助别人攻击怪物的玩家

Caster — 不能抗怪的角色，如法师

CBT — Closed Beta Test 游戏封闭测试

CD — Cool Down，多指技能的冷却时间

Character — 游戏中的角色

Cheat — 游戏中的作弊，也指游戏秘籍

Cheese — 利用游戏的不平衡之处牟利

Combat Pets — 被玩家控制的NPC，在战斗中帮助玩家及其队友，直译也有宠物的意思

CR — Corpse Retrevial的缩写，指取回尸体，这要看具体游戏的设置而论，很多游戏没有这个设置

Creep — 怪物

Creep Jacking — 当其他玩家与怪物战斗的时候趁机攻击该玩家

Critters — 面对玩家攻击不会反击的怪物

DD — Direct Damage，直接伤害，非持续性伤害作用

DBUFF — De-Buff的简写，对怪物或敌对玩家施放的具有负面状态，如是对方减速、降低防御、降低准确率等

Defense — 防御，这是通俗的叫法，具体还有物防、魔防等分类

DKP — Dragon Kill Point的缩写，直译是屠龙点数，一种对玩家贡献的衡量标准

DMG — Damage的缩写，指伤害

DOT — Damage Over Time，在一段时间内持续对日标造成伤害，持续伤害

DPS — Damage Per Second的缩写，每秒伤害

Dungeon — 指地宫、地下城等，多指游戏中难度很大的地形，也是Boss的栖居地

FH — Full Health的简写，指生命值全满

FM — Full Mana的简写，指法力全满

Forge — 要塞，可以是游戏中的场景、地图

FS — Full Sport的缩写，指完全负责辅助的角色；汉语里可以作为法师的简称，注意区别

Gank — PvP：当其他玩家与怪物战斗时趁机攻击该玩家，与Creep Jacking 类似

Gate (gateway) — 游戏中的传送，与Portal相似

GM — Game Master的简写，指游戏管理员，

服务玩家，维护游戏内正常运行的人

Griefer — 试图骚扰或激怒其他玩家的人

Grinding — 长时间在一地点猎怪，多是为了升级或取得特殊游戏道具

Guild — 公会、团体

Heart — 心脉、血脉，多指游戏角色的属性

HOT — Health Over Time的缩写，指持续性治疗效果

HP — 作为Health Point的简写时，指生命值；作为Hit Points的简写时指伤害值，其中前者较常用

ID — Identification的简写，网络中表示各种账号，表示账号时，与account意义相同；通常指身份证、证件

INC — Incoming的简写，指引怪的人对其他玩家的警示

Instancing — 游戏中的副本，现在很多网游都引入了这一玩法

INT — Intelligence的简写，指智力，多指代游戏中角色的属性

Item — 泛指游戏内的道具

Kiting — 玩家保持在敌人战斗范围以外的一种战术，从敌人身边跑开，同时对其造成伤害

KO — Knock Out的简写，与人挑战时击败对方

KOS — Killed on Sight的简写，多指游戏中的设置，游戏NPC对敌对阵营玩家的攻击行为

KS — Kill Steal的简写，直译是偷杀，试图杀死另一个人正在对付的怪物，以获取经验(主要目的)、道具(这种情况不多)

Lag — 延时，就是我们平常说的卡，当你卡了，你可以说Laaaaaaaaaag

LFG — Looking for a Group的简写，寻找队伍以求加入

LFM — Looking for More的简写，找寻更多的人组队

LOL — Lots of Laugh/Laughing Out Loud的简写，指大笑，很常用的聊天词汇，相当于汉语中的"呵呵"、"哈哈"等，ROFL（笑到打滚）此

不常用

LOM — Low on Mana的简写，法力不足

Login — 与Logon，Log—in意义相同，表示登入账号的意思

LOS — Line of Sight的简写，视线

LOOT — 从被杀死的怪物或宝箱里拿取游戏道具、战利品等

Lure — 指引怪，3D游戏中常用，组队杀怪时，有玩家负责将怪引向团队，然后用群攻技能集体杀怪

LVL — Level的简写，游戏角色等级

Maintenance — 维护，一般指游戏停机维护

Mana — 魔法，通俗的称呼是蓝

Map — 地图，游戏内的场景，也可用 Zone表示地图

Mental — 意念，多指代游戏角色的属性，与下面的Spirit有些类似

Mez — Mesmerize的缩写，指催眠等状态是玩家暂时失去对角色的控制

MMO — Massively Multiplayer Online，大型多人在线

MMOG — Massively Multiplayer Online Game，大型多人在线游戏

MMORPG — Massive Multiplayer Online Role Playing Game，大型多人在线角色扮演游戏

MOB — 指游戏中的怪物，任何怪物都可叫MOB，或游戏中所有由电脑控制的角色，第二种用法不常见

MP — Magic Point魔法值，是对魔法的通俗称呼，正式的叫法应该是Mana

MT — Main Tank的缩写，WOW中的主力抗怪角色，其他游戏中可以没有这样的描述

Muscle — 肌肉，多指游戏角色的属性

Nerf — 削弱

Nerve — 神经，多指游戏角色的属性

Newbie — 菜鸟，形容新玩家，有时也指那些操作不熟练、技术不太好的玩家

Newb — 新人的简称，同上

Ninja — 没有经过相关玩家允许或趁别人没注

意而拿走战利品

N00b —— 一种用来称呼新人的不礼貌的说法

NPC —— Non—Player—Controlled Character，非玩家控制的角色，纯粹的电脑角色，由游戏控制

OBT —— Open Beta Test 游戏公开测试

OOM —— Out of Mana的简写，法力耗尽，多在组队中提醒队员注意

ORZ —— 一个人跪地的无语姿势，象形，表示钦佩的感叹

OT —— Over Taunt的缩写，别人的翻译是仇恨失控，怪物对玩家角色的仇恨，多用于WOW中

Party —— 组队，与Team相近

Password —— 泛指密码

Patch —— 补丁

PC —— Player controlled character，玩家控制的角色，与上面的NPC是相对的；网络中PC也很常见，指个人电脑

Pet —— 被玩家控制的非玩家生物，如宠物、召唤物等

PK —— Player Kill或Player Killer，玩家在未经另一个玩家同意的情况下攻击并试图杀死他

Player —— 玩家，操作游戏中角色的人

PM —— Personal Message的缩写，指一个玩家对另一玩家的私人会话

POP —— Repopulation的缩写，指怪物刷新

Portal —— 泛指游戏内的传送

Proc —— 激活，多指一些武器、装备附加效果、属性

PST —— Please Send Tell的简写，指说话的人想通过 /t(ell) 或 /w (hisper) 命令交流

Puller —— 负责吸引怪物的玩家，常说引怪，与上面的Lure相近

Pulling —— 队伍中的玩家负责吸引一只或几只怪物，并将他们带到队伍所在地，集体杀怪，这多指高级怪物的情况下，与上面的Lure不完全一样

PvE —— Player vs. Environment的简写，玩家与电脑控制的角色战斗

PVP —— Player vs. Player的简写，玩家对玩家的战斗

Raid —— 可译为突袭，由一群玩家在某一地区进行的大规模作战，有时也指团队副本、大副本

Quest —— 游戏中的任务

Re—buff —— 重新加有益状态

Res —— Resurrect / Rescure的缩写，指复活暂时死亡的角色

Re—Spawn —— 一只被杀死的怪物重新刷出

Rest（state） —— 角色疲劳状态，一般杀怪经验、物品掉率效率都受影响，是为了玩家健康而强制执行的一项措施

Resistance —— 对属性攻击的抵御（如，冰ice，火tire，点lighting，毒poison等）

Respawn —— 重生点复活

Roll —— 指掷随机数字来决定物品的归属

Root —— 给敌人施加的类似定身的状态

Schedule —— 泛指游戏内活动的日程表

Sever —— 服务器，与游戏客户端相对

Small Pets —— 跟随玩家的小动物，可以称为宠物，是否直接影响玩家或怪物，要看具体的游戏设置了

SOLO —— 单独杀怪、做任务等，不与别人组队的游戏玩法

Spawns —— 在游戏世界中，怪物被刷出时所位于的地点或出现的过程

SPI —— Spirit的简写，直译是灵魂，多指代游戏角色的属性

STA —— Stamina的缩写，耐力

Stack —— 堆放在同一个道具栏中的同类物品的数量，通俗讲就是叠加数量

STR —— Strength的缩写，力量，多指代游戏角色的属性

Stun —— 击晕（状态）

Tank —— 能够承受很多伤害的近战角色，如一名战士，是抗怪的角色

Tap —— 对怪物造成伤害，标为你的猎物，一旦你对怪物造成了伤害，只有你才能得到经验值和掠夺战利品

Taunt —— 直译是嘲弄的意思，指从其他玩家那

里吸引怪物

Team —— 游戏内指组队，与Party相近；当用于游戏公司时指（游戏研发、运营）团队

Threat —— 直译是威吓的意思，有可能是指将怪物暂时镇住、吓走等

TPP —— Third Party Programme，直译为第三方程序，就是平常的外挂

Train —— 把一群怪物引向另一名玩家，通俗讲就是陷害

Twink —— 高等级带练低等级玩家

&Uuml；ber —— super的德语说法，原意指over power，极其强力

UC —— Undercity 地下城

Update —— 与Upgrade意义相近，泛指游戏内的更新，如服务器更新、地图更新、道具更新等

Vendor Trash —— 只有商人NPC才愿意购买的物品

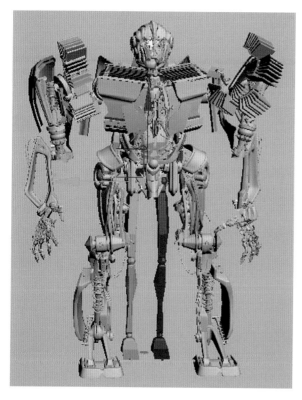

作品欣赏

作品欣赏

邵兵作品

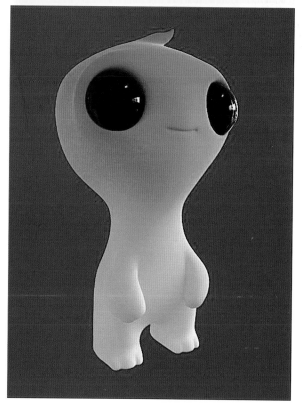

邵兵作品

蔡明辉作品

辛亮作品

辛亮作品

王秋磊作品

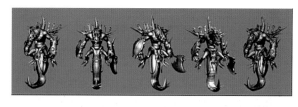

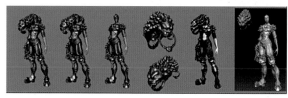

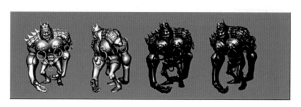

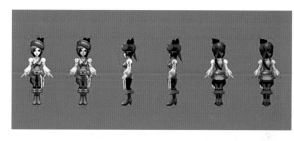

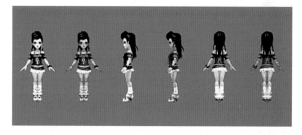

刘源作品

邱星源作品

邱星源作品

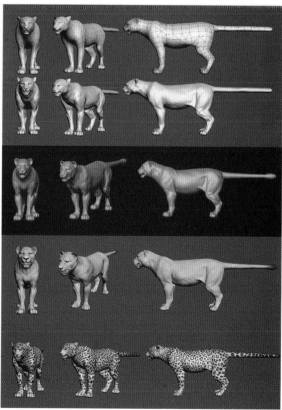

TEX：2048×2048

四边面：8708

三角面：16470

張峰玮作品

参考文献 >>

⌐ 参考文献出处

[1]网络百科词条

wiki百科 中文简体、中文繁体、日文

所查阅词条：电子游戏 电子游戏历史 风色幻想6 摇滚乐队

百度百科

所查阅词条：龙与地下城 网络游戏 秦殇 轩辕剑 最终幻想 流星蝴蝶剑

[2]网络参考文章

《2009年中国游戏产业调查报告》

邱家和 《传承民族文化也要研究文化载体》

文睿 《论中国网络游戏文化建设》52PK游戏产业频道

沧浪客 《从韩国力挺网游 反思中国的政策环境》 天极网

《国产网游海外运营现状：只在东南亚淘到金》太平洋游戏网

Novosquare · The stupid 《A Brief Biography of People throughout the Romance of Three Kingdoms》「译」飞天花皮鼠

[3]网络媒体及游戏刊物

玩家网 TOM游戏 腾讯游戏 A9VG

LEVELUP游戏城寨（已闭站）中国真女神转生专站（已闭站）

《游戏人》《游戏机实用技术》

[美]MichaelE · Moore和Jennifer Sward 著

《深入理解游戏产业》机械工业出版社出版

资料来源：DIY部落（http://www.diybl.com/course/3_program/game/20071226/93765.html#）

百度百科

参考文献

[1]尼古拉 · 尼葛洛庞帝编著《数字化生存》海南出版社1997

[2]方兴、蔡新元、桂宇晖、杨雪松等《数字化设计艺术》武汉理工大学出版2004

[3][美]罗琳斯(Rollings.A)、亚当斯(Adams.E)著张长富译《游戏设计技术》中国环境科学出版社2004

[4][美]克劳福德(Crawford，C.)编著李明，英宇译《游戏设计理论》中国科学技术出版社2004

[5][美]JessieaMulliga可 Bridgettepatrovsky姚晓光、挥爽、王鑫译《网络游戏开发》机械工业出版社2004.6

[6]荣钦科技著《游戏设计概论》北京科海电子出版社2003年出版

[7][美]RiehardRouse111著尤晓东等译《游戏设计原理与实践Theoryandpraetiee》电子工业出版社2003

[8][美]梅格斯（Meigs.T.）著《顶级游戏设计:构造游戏世界》电子工业出版社2004

[9]飞思科技产品研发中心编著《3DsMAX核心地带角色设计篇》电子工业出版社2002

[10]庞绮 邢敏编著《服装设计色彩配色应用》江西美术出版社2003.1.1

后记 >>

本书自筹备至完成历时三年之久，期间又经数次修改，最终定稿，其中只凭我个人之力难以完成，因此,在此,感谢我的同事以及吉林艺术学院的G—9游戏工作室和吉林建筑工程学院的师生给予的大力支持。

本人自小热爱数字游戏与动画艺术，有幸进入台湾昱泉游戏公司和法国育碧（USI）游戏公司参与《新流星蝴蝶剑》《细胞分裂》等游戏项目，那种自豪是无法用言语表达的。因此,在学院任教后，更希望能用我的经历来对爱好游戏与动画的年轻人有些许的帮助就足矣。本人才疏学浅，对于该门艺术也只是略懂皮毛。有不足之处请读者谅解。